Melany
(Historia de una anoréxica)

Dorothy Joan Harris

Traducción de:
Juan Manuel Pombo Abondano

GRUPO
EDITORIAL
norma

http://www.norma.com
Bogotá, Barcelona, Buenos Aires, Caracas, Guatemala,
Lima, México, Miami, Panamá, Quito, San José,
San Juan, San Salvador, Santiago de Chile, Santo Domingo.

Harris, Dorothy Joan, 1931-
    Melany : historia de una anoréxica / Dorothy Joan Harris.
— Bogotá : Editorial Norma, 2002.
    208 p. ; 21 cm. — (Zona libre)
    ISBN 958-04-6493-6
    1. Novela juvenil canadiense 2. Anorexia en niños - Novela juvenil
3. Jóvenes - Novela I. Tít. II. Serie
I819.3 cd 19 ed.
AHL4169

                CEP-Banco de la República-Biblioteca Luis-Angel Arango

Título original en inglés: *Even if it kills me*
Copyright © Dorothy Joan Harris, 1987, 2000
Publicado en español de acuerdo con
Scholastic Canada, Ltd., Ontario
Copyright ©. Editorial Norma, S.A., 2002, para Estados Unidos, México,
Guatemala, Puerto Rico, Costa Rica, Nicaragua, Honduras, San Salvador,
República Dominicana, Panamá, Colombia, Venezuela, Ecuador, Perú, Bolivia,
Paraguay, Uruguay, Argentina y Chile
A.A. 53550, Bogotá, Colombia

Printed in Colombia   -   Impreso en Colombia
    por Gráficas de la Sabana Ltda., Junio 2003

Dirección editorial: María Candelaria Posada
Diseño de la colección: María Osorio y Fernando Duque
Diagramación y armada: Sonia Rubio

C.C. 11615
ISBN 958-04-6493-6

CONTENIDO

Para Andrea
que ha estado allí

1. El casillero de cumpleaños

A veces me pregunto cuándo empezó todo. ¿Acaso cuando papá me dijo aquellas cosas? Eso opina mamá; según ella, él tiene toda la culpa. Y papá, claro, opina que no, que si alguien empezó algo, fue ella, mamá. Después de todo es ella la que siempre está haciendo dietas y aspavientos preocupada por su *look*. Y el de Katy y el mío también. De manera que es, sobre todo, culpa de ella, dice él.

Sin embargo, yo sé que ambos se equivocan. En verdad, no es culpa de nadie, ni siquiera mía.

***

Aquella primavera no tuvo nada de particular. Papá viajó mucho, como era normal. Él es vicepresidente de una compañía de importaciones, de manera que tiene que hacer muchos viajes de negocios por toda Norteamérica y con frecuencia también por Europa. Suele decir que no le gusta viajar, que hacerlo no es tan fascinante como parece y que preferiría de mil amores quedarse en casa. No sé si creerle. Mamá definitivamente no le cree. No deja de quejarse delante de nosotras por sus ausencias prolongadas, pero cuando se queja delante de papá, él suele responderle:

–Bueno, mira, no olvides que es gracias a mi trabajo que podemos pagar esta casa y los nuevos muebles de la sala, por no hablar de la cantidad de ropa que tú compras para ti y para las niñas.

Ante eso, no es mucho lo que mamá puede replicar. Porque en verdad le gustan todas esas cosas. Le gusta la ropa fina y ver a sus hijas bien vestidas y una casa elegante. En casa jamás se ve un mueble que ya debió pasar a mejor vida ni nada en el lugar que no le corresponde.

Excepto en el cuarto de Katy, por supuesto. Katy es mi hermana mayor; no mucho mayor, apenas si me lleva quince meses. Pero no podríamos ser más distintas la una de la otra, aunque nos separaran quince años de edad: yo tengo los ojos y el pelo negros, este último liso y con flequillo, y ella es más bien rubia y se hace rizos con permanente. Y nuestra manera de actuar es aún más diferente. Para empezar, Katy es alérgica a cualquier comida con aditivos y si se come algo que no le sienta bien, se pone hiperactiva. Eso significa que no se puede estar sentada en paz un segundo, que grita en vez de hablar y que la menor tontería la saca de casillas. Mamá no cesa en su lucha con Katy y hace lo posible por no tener comida con aditivos en casa. Pero eso no ayuda mucho cuando resulta que Katy come porquerías en casa de alguna amiga. Pero aunque no se haya comido nada que le siente mal, igual Katy explota fácil.

Yo soy todo lo contrario. Casi nunca doy alaridos, lo que no significa que no me ponga furiosa. Me da ira con frecuencia. Pero incluso cuando me muero de ira con alguien, por lo general no hago pataletas. En parte porque no quiero parecerme a Katy y en parte por las innumerables veces que mamá me ha repetido que las niñas decentes no gritan. Supongo que a Katy eso la tiene sin cuidado. Pero, en última instancia, hago lo que hago porque me encanta oírle decir a mamá:

—Melany, no sabes cómo me alegra que seas una niña juiciosa. No hubiera podido con otra hija como Katy.

Mamá no deja de repetirme eso. Lo volvió a decir una mañana justo después de que papá se fue en uno de sus viajes. Habíamos madrugado para despedirnos de él y luego Katy no dejó de vociferar y dar vueltas por toda la cocina mientras desayunábamos, en un intento por convencer a mamá de que le comprara un nuevo suéter.

–Pero mamá, por favor –insistía Katy–, estoy segura que Anthony me va a invitar a su fiesta el sábado. ¡Lo presiento! ¡Y tú sabes lo encantador que es Anthony!

–Bueno, pues si te invita, puedes ir –dijo mamá tratando de tranquilizarla–. Pero ya tienes ropa más que suficiente para escoger.

–No tengo nada que se acerque a ese precioso suéter verde que tú acabas de comprar.

–Katy, ese suéter no le sienta a una persona joven como tú –dijo mamá con firmeza e intentó cambiar de tema–. No has acabado tu desayuno... siéntate y termina tu cereal.

Como me mantuve al margen de la discusión, yo ya había terminado el cereal y me preparaba una tostada. Sabía que por nada del mundo mamá le iba a prestar su suéter nuevo a Katy. Katy era especialista en manchar con comida o gaseosa cualquier ropa que le prestaran. Afortunadamente mis blusas le quedan pequeñas, pensé para mis adentros.

–De cualquier modo –continuó mamá–, ahí tienes una blusa para estrenar, la del cuello bordado. Puedes ponerte esa para la fiesta.

Entonces, por fin, Katy dejó de moverse por ahí haciendo aspavientos y se sentó en una silla:

–No puedo.

–¿Y por qué no, si se puede saber?

–Pues el otro día –refunfuñó Katy–, se me cayó al suelo en el armario y se arrugó toda, así que se me ocurrió darle una planchadita rápida y...

–¡Dios mío, Katy! –exclamó mamá con un suspiro exasperado–. Supongo que de nuevo le pasaste la plancha demasiado caliente.

–Bueno, pues tenía prisa.

–Katy, sabes muy bien que cualquier cosa bordada se plancha casi en frío. Te lo he dicho suficientes veces. ¿Arruinaste la blusa?

–Sólo el cuello. Se quemó un poco.

Mamá puso su taza de café sobre la mesa y se levantó.

–Será mejor que me la muestres –dijo en medio de otro suspiro– . Si sólo se estropeó el cuello quizá pueda hacer algo. Ven y miramos... es una blusa muy cara como para botarla.

Katy se puso también de pie y subió detrás de mamá. Así, la cocina quedó en paz. Le eché miel a mi tostada, la unté toda y luego la corté en tiras largas como solía hacer mamá cuando éramos pequeñas; todavía me gustan las tostadas así. Noté que el individual donde había comido Katy estaba que daba asco, todo chorreado de cereal. Ahora habría que limpiar todos los individuales.

Alcanzaba a oír a mamá y a Katy hablando arriba mientras escarbaban entre todos los cajones de blusas y suéteres del guardarropa de Katy. Pero de pronto me paralizó un corrientazo. Oí la voz de Katy diciendo:

–¿Qué tal el suéter trenzado de Melany? Es tan holgado que de pronto me queda bien.

Arrojé mi tostada y subí por las escaleras a toda velocidad. Entré justo en el momento en el que Katy abría la puerta de mi armario.

–¡Ni sueñes que te lo vas a poner! –grité–. ¡Deja mi ropa en paz!

–Pero si no he tocado tu pinche ropa –replicó furiosa Katy.

–¡No, pero ya lo ibas a hacer! ¡Aléjate de mi armario y sal de mi cuarto! Sabes que no me gusta que entres aquí.

Como cosa rara, en verdad, me sorprendí dando alaridos. Mamá pronto intervino para separarnos.

–¡Niñas, niñas! –dijo–. No se griten así. Las van a oír hasta en la calle.

Yo me callé, pero Katy siguió dando alaridos:

–¡La señorita perfecta! –empezó a pullarme–. Y su tonto cuarto perfectamente ordenado. Ves, estoy metiendo las manos en los bolsillos para que no se contamine nada, ¿satisfecha?

–Ya basta, Katy –dijo mamá al tiempo que le echaba una mirada a su reloj–. Te va a dejar el autobús si no te das prisa. Ve y termina de arreglarte para irte al colegio en este mismo instante. Ya veré yo después qué puedo hacer por la blusa.

Mamá arreó a Katy escaleras abajo. La alcancé a oír protestar inquieta porque Katy no se había acabado el cereal y luego escuché cerrar de un portazo la puerta de atrás. Como mi colegio queda muy cerca de casa, no tengo que ir en autobús. Y menos mal, porque estaba tan furiosa que en ese momento no me hubiera ido a ningún lado con Katy. Además, también estaba brava con mamá. Debió advertirle a Katy que no se acercara a mi armario, así de sencillo. Sabe que no me gusta que se metan con mi cuarto.

Eché una última mirada para asegurarme de que todo estaba tal y como yo lo había dejado y entonces bajé. Mamá estaba sentada en la sala con la blusa de Katy en el regazo.

Yo seguía iracunda, pero mamá estaba demasiado ocupada como para darse cuenta. La observé dándole vuelta a la blusa y le pregunté:

—¿La podrás arreglar?

Mamá hizo un mohín con los labios:

—No lo sé. Quizá me toque descoser todo el cuello. Esa Katy... le he dicho que tenga cuidado con la plancha, pero jamás presta atención—. Levantó la mirada un segundo, y prosiguió—: Cómo me alegra que tú no seas así, Melany. ¿Ya te vas?

—Sí, hoy quiero llegar temprano al colegio.

—Bueno, entonces que te vaya bien.

Me dio un besito rápido en la mejilla y volvió sobre su costura. Salí sin hacer el menor ruido. Ahora, si yo fuera de la personas que tiran las puertas, con toda seguridad en ese instante hubiera sido lo justo. Estaba hasta la coronilla de Katy, Katy, Katy. Si mamá no lograba arreglar la tal blusa, casi con seguridad le compraba algo nuevo a Katy para tenerla tranquila.

Y además debió dejar claramente establecido que mi ropa era mi ropa. Más me vale no seguir creciendo porque de lo contrario me tocará ponerle candado a mi armario.

Y estaba creciendo un poco... un poco. Un poco arriba, quiero decir. De hecho mamá me compró mi primer sostén, pero no lo uso mucho. Muchas de las niñas en el colegio no se aguantan las ganas de empezar a ponerse sostén. Las veo todo el tiempo haciendo alarde de ellos cuando nos cambiamos para la clase de gimnasia. Haciendo alarde de sus... de sus pechos también. Sin embargo, a mí no me gusta ponerme el mío y menos mal mamá no insiste en ello.

Al colegio siempre me voy sola y a pie porque ninguna niña de mi curso vive cerca de nosotros. Allí paso casi todo el tiempo con Rhona Pilcher. No somos exactamente lo que se dice "las mejores amigas"... por lo menos no como esas sobre las que uno lee en los libros que todo lo hacen juntas y hablan horas por teléfono y se cuentan todos los secretos. Amigas así no tengo. Lo más parecido a un mejor amigo tal vez sea Dan McLaughlin, un muchacho que es nuestro vecino. Él y yo solíamos jugar juntos cuando éramos pequeños. Y todavía pasamos ratos juntos, generalmente en su casa en donde tiene montado un gran tren eléctrico en el sótano. Le fascinan sus trenes de juguete... y para ser honesta, a mí también. Pero Dan es un año menor y va un curso atrás en el colegio y por lo tanto allí no lo veo mucho. Y ya no nos vamos al colegio juntos. Creo que esto es por mi culpa. Dan todavía parece un niño, me entienden, y no quiero que me molesten con la cosita de que mi novio es un niño. No quiero que me molesten con que tengo novio de ningún tipo. De manera que camino al colegio sola y allí voy a clases con Rhona.

Algunas veces pienso que en realidad Rhona no me cae muy bien. Hay otras niñas en mi curso que creo que me caen mejor, pero todas ya parecen tener sus amigas. Entonces, como Rhona y yo tenemos los casilleros uno al lado del otro y ella tampoco tiene amigas, de allí nos vamos juntas a clases.

Aquel día, cuando llegué a mi fila de casilleros, vi una turba de muchachos en uno de los extremos. Hacían corrillo alrededor de Valery Novak y observaban su casillero. Lo habían decorado con serpentinas blancas y rojas y unas flores de papel hechas con Kleenex y un letrero enorme que decía *¡Feliz Cumpleaños!* Es una vieja costumbre de nuestro colegio: si uno tiene muchos amigos, te decoran el casillero como sorpresa el día de tu cumpleaños. No sería mucha sorpresa para Valery. Ella sabía que sus amigos harían escándalo el día de su cumpleaños. Después de todo, ella es la chica más popular de nuestro curso. Es una niña alta y esbelta con largo pelo rubio y liso que la hace aún más esbelta y sabe cómo hacer ojitos y hacer que los chicos le rindan pleitesía. Y ahora actuaba a la perfección su gran sorpresa.

—¡Dios mío —exclamó, mirando a la multitud y sonriendo con coqueta timidez—. ¡Qué cosa más linda! ¿Quién hizo esto? ¡Apuesto a que tú metiste la mano, Paul!

Sabía perfectamente que Paul Dunstable había metido la mano. Él la acompaña al colegio todos los días.

—Sí, yo ayudé —admitió Paul—. Pero Andrea y Tammy hicieron las flores.

—¿En serio? —dijo y se deshacía en gratitud para con las dos niñas en medio del grupo—. ¿Lo hicieron ustedes, en serio?

Alguien cerró con fuerza el casillero a mi lado y me giré para ver a Rhona:

—¡Guácale, qué asco —dijo con una mueca desdeñosa en dirección a Valery—. ¡Qué empalago! ¡Qué farsa!

—Sí, estoy de acuerdo —dije.

—De cualquier forma, toda la cosa es una gran tontería— continuó Rhona—. ¿Qué gracia tiene colgar un par de serpentinas de la puerta de un casillero? ¿A quién le importa un…?

En ese momento sonó la primera campana. Metí la cabeza dentro de mi casillero para sacar mis libros y aproveché eso para no tener que contestar porque francamente no quería contarle a Rhona lo que en realidad estaba pensando. No iba a decirle lo mucho que me gustaría estar en medio de una buena cantidad de amigos exactamente en la misma situación en la que estaba Valery; lo mucho que me gustaría encontrar mi casillero decorado el día de mi cumpleaños. Deseaba aquello tanto que casi de buena gana sacrificaba mis buenas calificaciones por eso. Es más, en efecto, no faltaba mucho tiempo para mi cumpleaños, a comienzos de mayo, y podía imaginarme muy bien lo que sería llegar al colegio y acercarme por el corredor con un grupo de amigos y de pronto ver mi casillero decorado. Claro que yo no exageraría, como lo estaba haciendo Valery. Yo simplemente me pondría de pie, al frente, y dejaría ver que estaba contenta.

Pero yo no tengo una multitud de amigos. De manera que si le pidiera el favor a Rhona de que lo hiciera por mí –cosa que no haría– me vería bastante ridícula ahí sola y de pie observando mi casillero, ¿no les parece?

Tampoco me contesté esta última pregunta.

Una vez encontré mis libros, me apresuré por el corredor sin siquiera esperar a Rhona. Y sin lanzar otra mirada a las coloridas serpentinas, flores y el letrero de *iFeliz cumpleaños!* de Valery.

***

Ese día, cuando llegué a casa después del colegio, vi la blusa de Katy colgada del espaldar de una silla. Mamá le había quitado el cuello bordado que se había quemado y le puso a cambio un cuello redondo sencillo que me pareció que se veía muy bien. Ahora, que le gustara o no a Katy, era otro cuento. Si no le gustaba, podía aún tener planes para mi holgado suéter de trenzas. Así que resolví que sería mejor esconderlo un rato. Subí a mi cuarto con el propósito de meter el suéter en el fondo del cajón en donde guardo mi ropa interior con mis pijamas y camisas de dormir bien dobladitas encima.

Me gusta tener mis cajones en orden. Me gusta tener mi cuarto en orden. Pero en ese momento vi que mi escritorio no lo estaba: había encima un proyecto de ciencias sobre "Futuros medios de transporte". Ciencias no es una materia que me mate, pero a nuestro profesor de ciencias, el señor Boucher, le gustan los proyectos llenos de diagramas bonitos, de manera que se me ocurrió que, si los hacía, podía sacar una buena nota.

Me senté en el escritorio y me puse a mirar un rato con ceño fruncido el diagrama que estaba dibujando. En lo que a diagramas concierne, no estaba del todo mal, pero ciertamente no parecía ser el vehículo anfibio del futuro. Estaba en eso, cuando sonó el teléfono abajo.

–¡Yo contesto! –oí que gritó Katy, que en ese momento entraba por la puerta de atrás.

–¡Debe ser Anthony, que me llama!

La escuché levantar el teléfono y saludar con un alegre *hola*, pero en el acto el tono de su voz cambió:

–¡Melany, es Dan! ¡Tu novio!

Esta última palabra la moduló con un tonito burlón y cantarino que odio cuando lo hace. Bajé a las carreras y le rapé el teléfono de las manos:

–¡No es mi novio! –le susurré iracunda, cubriendo la bocina con la mano.

18

—¿Y por qué no? Es un chico, ¿verdad? ¿Qué tiene de malo? —dijo con inocencia.

—Es un chico… y un amigo —le repliqué, haciendo una pausa de ira entre las dos palabras.

—En fin, lo que sea.

Se sacudió de hombros y se marchó. Esperé hasta que estuviera lo suficientemente lejos como para que no alcanzara a oír mi conversación.

—Hola, Dan —saludé por fin.

—Hola, Melany —dijo Dan y, si alcanzó a escuchar nuestra pequeña refriega, simuló muy bien no haberla oído . ¿Puedes venir? Tengo una señal nueva para el tren.

—Estoy trabajando en mi proyecto para ciencias —le dije.

—Llevas semanas dándole a eso.

—Sí, lo sé. Pero es que su calificación es la mitad de la nota final y no logro que mi dibujo de un vehículo anfibio del futuro se parezca a nada.

—¿Por qué no traes tu dibujo? —sugirió Dan—. Tal vez te pueda ayudar y después probamos la nueva señal.

Parecía una idea muy razonable ya que Dan era bastante bueno en ciencias. De manera que fui con mi diagrama. Lo examinó un rato y luego dijo:

—No está mal. Para nada mal.

—No está bien —protesté.

—Bueno, pues Boucher comprenderá qué es lo que quieres mostrar. No se necesita que sea perfecto.

—¡Pues yo sí quiero que sea perfecto! ¡Quiero que todo el proyecto salga perfecto!

—Melany —dijo Dan, esta vez imprimiéndole un tono de paciencia a la voz—, tú sabes que no vas a sacar cien sobre cien en un proyecto de ciencias, nadie lo saca, nunca.

—Lo sé, sólo que me molestan las cosas que no quedan bien hechas.

Dan se mordió los labios, meditabundo:

—Bueno —dijo—, hagamos una cosa. Si tú quieres, esta noche hablamos con papá. Estoy seguro de que tendrá algunos libros o revistas de ingeniería que podrías mirar.

—¿Lo harías? Mil gracias, Dan.

—Seguro. No hay problema —dijo y se dirigió al sótano—. Ven, tengo chocolate caliente ya hecho.

La mayor parte del cuarto de juegos de los McLaughlin lo ocupa el circuito para el tren eléctrico. Empezó siendo de su padre, pero ya hace mucho tiempo que a Dan se le permite manejarlo. Está montado sobre una enorme mesa y una intrincada red de vías férreas cruza por entre un verdadero paisaje en miniatura con carreteras, árboles, casas diminutas y estaciones de tren. La nueva señal de la que hablaba Dan era para un paso a nivel: tan pronto como el tren llegaba a determinado punto en la vía, una pequeña barrera se bajaba para cruzar sobre una carretera y se encendía una señal de luz intermitente, tal y como lo hacen las de verdad. Fue muy agradable. Dan me dejó manejar los controles y la hicimos funcionar una y otra vez.

Me gusta jugar con los trenes de Dan. Todo es tan diminuto y tan... tan perfecto. La pequeña y negra locomotora a vapor que arrastra los vagones es exactamente igual a una de verdad, con todo y bielas que suben y bajan al tiempo que se mueven las ruedas. La locomotora se la envió el abuelo de Dan, desde Inglaterra. Me encanta sentarme en el control para escoger por dónde van a ir los trenes y observar la pequeña locomotora a vapor resoplando mientras avanza. Y jamás tengo que preocuparme de quedarme sin conversación cuando estoy con Dan. Simplemente nos sentamos ahí y jugamos con los trenes y a veces ni siquiera tenemos que hablar.

Y su chocolate caliente le queda muy sabroso también. Echa más o menos seis cucharadas de chocolate en polvo por tazón y luego le agrega masmelos. Queda como comer chocolate en barra pero en tazón. De modo que para cuando volví a casa no tenía mucha hambre.

Pero no importó mucho. La comida esa noche fue más bien escasa, cosa que ocurre con frecuencia cuando papá está de viaje.

—¿Y esta noche tenemos sobrados de pollo insípido? —dijo Katy arrugando las narices sobre su plato—. ¿Y no hay salsa de queso para el brócoli?

—Puedes ponerle un poco de mantequilla —le dijo mamá.

—Cuando papá está siempre haces salsa de queso.

—Precisamente; cuando estamos solas intento hacer comidas más ligeras. ¿Sabes cuántas calorías tiene la salsa de queso?

–No, ni idea. Sólo sé que hace que el brócoli sepa mejor.

–Pero claro, con la cantidad de crema y mantequilla y queso que le pongo, qué tal que no; pero también por eso es que engorda tanto.

–¿Y? –farfulló Katy, empujando displicente la comida con los cubiertos–. Yo preferiría ser gorda.

–No, no lo preferirías –le dijo mamá–. Mucho menos con la inauguración de la piscina en el club dentro de un par de semanas. No te sentirías bien dentro de un traje de baño si fueras gorda. A mí personalmente me gustaría quitarme un par de kilos de encima antes de volver a ponerme un traje de baño. Me imagino que si no desayuno de vez en cuando y como comidas ligeras como esta durante un tiempo, lo logro. El pollo y el brócoli son bajos en calorías… como cincuenta por porción.

Yo me desconecté de la conversación. Cuando a mamá le daba por las calorías y las dietas, sabía que iba para rato, y aburrido y largo. Ahí medio piqué el pollo y le di vueltas al brócoli en el plato. Tan pronto como pude me excusé y me subí al cuarto.

Adoro mi cuarto. Me alegra tanto que en esta familia sólo seamos Katy y yo porque así dispongo de un cuarto para mí solita. Y me encanta la decoración: papel rosado de colgadura con un motivo de flores, muebles de madera pintados de blanco, unas cortinas también rosadas y la alfombra. Yo misma escogí el papel de colgadura y le pegué unas calcomanías de flores al tocador, al espejo y a mi baúl de juguetes, que todavía conservo y todos mis animales de peluche amontonados encima, excepto por mi gatico blanco que descansa en la mitad de mi cama. Cuando estoy en mi cuarto, rodeada de todas las cosas que más me gustan dispuestas tal y como yo quiero, me siento a salvo, segura. A salvo y segura, como si nada malo me pudiera ocurrir. Nada malo como sacar malas calificaciones o ser la última que escogen en clase de gimnasia o... o que me llegue la regla en el colegio de manera inesperada. Esto último me preocupa mucho, tanto, que no sería simplemente malo que ocurriera, sino espantoso. Y bien puede suceder. Mis períodos son muy irregulares. Nunca sé cuándo me puede llegar el siguiente. En fin, si eso me llega a ocurrir, me muero.

Me senté en el escritorio y extendí de nuevo mi proyecto de ciencias. Pero como no tenía sentido seguir dándole a mi vehículo anfibio hasta que Dan hubiera hablado con su papá, entonces me puse a echarle sombra a uno de los diagramas hasta que de pronto me dio por acercar el pequeño tiovivo de porcelana que tengo en un extremo de la mesa del escritorio y le di cuerda. El tiovivo venía sobre la torta de cuando cumplí nueve años. Durante la primaria me hacían unas fiestas maravillosas para celebrar mi cumpleaños. Mamá me dejaba invitar a todas las niñas del curso sin importar cuántas fueran, y siempre compraba una enorme y vistosa torta. Ya la había oído hablar del cumpleaños que se acercaba.

—Pronto cumplirás tus catorce años, Melany —dijo—. ¿No te gustaría una fiesta con chicos este año? Podrías hacerla en la sala y allí tendrían espacio para bailar un rato si quisieran.

Yo la evitaba diciendo que iba a pensarlo, aunque ya sabía que no quería una fiesta bailable. Para empezar, no conozco a nadie de mi curso lo suficientemente bien como para invitarlo, es más, ni siquiera entre las niñas. Y con seguridad a ninguno de los chicos. Pero incluso si invitara a un grupo de ellos, y eso en el caso de que vinieran…. no sabría de qué hablarles. Particularmente a los muchachos. Nunca sé qué decirle a un muchacho.

Solté un suspiro y volví sobre las sombras del diagrama. La vida era mucho más sencilla cuando tenía nueve años, pensé con tristeza. Nada de proyectos ni exámenes. Los chicos no eran más que unas criaturas de las que uno se alejaba en los recreos y nadie esperaba que uno les dirigiera la palabra. Y mientras uno supiera saltar al lazo, podía unirse a la diversión como todos los demás.

No pude menos que desear tener nueve años otra vez.

2. ¡Urgencia hospitalaria!

Para el sábado por la mañana Katy aún no había sido invitada a la fiesta de Anthony y estaba de pésimo humor. Por fortuna, ese fin de semana me tocaba turno de niña voluntaria y por lo tanto pasaría casi todo el día fuera de casa trabajando en el hospital. Las niñas voluntarias del hospital somos todas estudiantes. Nos dicen *los caramelos* porque el uniforme que usamos está hecho con una tela a rayas blancas y rojas. Hacemos distintos trabajos en el hospital: repartir el correo y los envíos de flores a las habitaciones, conducir a los pacientes en sus sillas de ruedas a la sala de rayos–x y otros exámenes médicos, ayudar a las enfermeras con las camillas y otra buena cantidad de trabajitos muy útiles.

Nuestro hospital, el Lakeshore General, no se parece en nada a los grandes hospitales del centro de la ciudad. Una vez visité a mi tía en uno de ellos y me pareció tan grande y tan lleno de gente con prisa corriendo por ahí, que no veía la hora de irme.

El hospital Lakeshore General es muy distinto. Algunas veces la sala de urgencias se llena de gente y movimiento, pero el resto del hospital es más bien luminoso, limpio y ordenado. Me encanta trabajar allí. Siento que hago parte de algo importante. Me fascina ver a los médicos en sus batas blancas y a las enfermeras en su uniforme, todos ocupados en su oficio. Y adoro caminar por los pasillos en mi uniforme a rayas como un caramelo, en particular desde que me gané mi insignia de distinción. Hay que acumular cien horas de trabajo para ameritar una de esas insignias, de manera que en realidad son significativas. Después de todo, el trabajo que hacemos les ahorra muchas horas a los asistentes de enfermería, cosa importante, como con frecuencia nos lo recuerda nuestra supervisora.

El sábado fue un día lúgubre y lluvioso, cosa que me hizo parecer el luminoso y concurrido hospital, un lugar aún más agradable que siempre. Me sorprendí a mí misma tarareando una canción camino al vestíbulo de las voluntarias a colgar mi abrigo y pasé frente al espejo más tiempo del necesario contemplando mi uniforme. En lo que a uniformes respecta, no está mal: un delantal a rayas rojas y blancas como ya dije y una blusa o suéter debajo, aunque en el hospital hace demasiado calor como para suéter. Supongo que así debe ser para beneficio de los pacientes en sus precarios camisones azules.

Ese día llegó una niña nueva, Tory, que se iniciaba como voluntaria.

—Melany, me alegra que estés hoy aquí —me dijo nuestra supervisora, la señora Sullivan—. Podrás mostrarle el lugar a Tory.

Entonces, se dio vuelta para dirigirse a la niña nueva.

—Melany es una de las mejores voluntarias. Jamás falta al trabajo y siempre está muy bien presentada.

La señora Sullivan no es santo de mi devoción, me parece demasiado grande y habla muy fuerte y le gusta mandonear. Con todo, no dejó de agradarme su elogio, de manera que, satisfecha, saludé a la niña:

—Hola, Tory.

—Hola —replicó.

Pude ver por qué la señora Sullivan había enfatizado aquello de la buena presentación. Tory llevaba el cabello largo y desgreñado y las uñas no muy limpias.

—Bitsy ha llamado a excusarse porque está enferma —continuó la señor Sullivan—, de modo que vamos a estar escasos de personal. Sólo están Sue y Verónica y ustedes dos. En fin, Melany, será mejor que vayas con Tory y empiecen la ronda de flores.

–Muy bien –contesté–. Vamos, Tory.

No me molesta para nada cuando ocurre que estamos escasos de personal. Me gusta mantenerme ocupada. Pero sí extrañaría a Bitsy. También ella es una nueva voluntaria. Cuando le hice el paseo de inducción me siguió por todo lado prestando suma atención, mirándome con unos ojazos llenos de admiración. Desde entonces, incluso cambió de peinado y ahora lleva una larga melena con flequillo, como yo. Es agradable sentir que lo admiran a uno de ese modo.

Se me antojó que impresionar bien a Tory resultaría igualmente fácil. La conduje al cuarto de las flores tal y como se me indicó. En ese momento sólo había un envío: un arreglo de rosas amarillas dirigido a una señora Amodeo. Busqué su nombre en el archivo de pacientes y encontré que se ubicaba en la habitación 104, en la sección de cirugía, y le pedí a Tory que me acompañara. Pensé que llevaríamos el arreglo de flores y de pasada le mostraría el piso principal.

Sospecho que incluso nuestro pequeño hospital puede llegar a confundir a una persona la primera vez que lo visita con sus largos corredores y las distintas alas. A mí ya no me confunde. Creo conocer muy bien hasta la última sala y sección. No dejé de señalarle lugares claves a Tory mientras caminábamos.

Tory no dijo mayor cosa. Simplemente asentía con la cabeza cada vez que yo decía "ahí queda la sala de rayos-x" o "esa es la entrada de urgencias". La única pregunta que formuló fue respecto al altoparlante: la serena voz que puede escucharse por todo el hospital llamando a distintos doctores.

—¿Esa cosa no deja de funcionar nunca? —preguntó.

—¿Qué cosa?

—El altoparlante.

—Pues, la verdad, no. Pero después de un rato ya ni lo notas.

Tory arqueó las cejas como si no pudiera creer lo que acababa de decirle. Pero no dijo más nada. Nos dirigimos a través de un largo corredor en dirección a la sección de cirugía. Golpeé con suavidad en la habitación 104 y entramos.

—Flores para usted, señora Amodeo —le dije con entusiasmo.

Era una habitación privada. La mujer estaba sentada en una silla ataviada con una bata de velvetón azul claro.

—Muchas gracias, cariño —dijo—. Qué hermosas.

Puse las rosas sobre el tocador al lado de otro ramo enorme.

—Y aquí está la tarjeta —le dije al entregársela.

Acto seguido, procedí a examinar con el dedo el contenido de agua en los dos arreglos de flores.

—Las rosas están bien de agua, pero a las otras les hace falta un poco. ¿Quiere que le ponga un poco?

—Sí, por favor. Muy amable de tu parte, mil gracias.

Me dio las gracias otro par de veces al marcharnos y de nuevo sentí un rubor de placer. Sin embargo, de vuelta al vestíbulo de las voluntarias, Tory empezó a quejarse.

–Siempre toca caminar un buen tanto en este trabajo, ¿verdad? –dijo–. Ya debimos haber caminado por lo menos un kilómetro.

–Pues sí –le dije–. Pero uno se acostumbra.

Entonces le eché una mirada a las zapatillas de bailarina que tenía puestas.

–Te sentirías mejor con unos zapatos más cómodos. Los tenis blancos son lo mejor, eso sí, siempre y cuando estén limpios.

–¿Y esto es todo lo que uno hace? –continuó Tory su interrogatorio–. ¿Prestar servicio de mensajería?

–No, no es todo. Hacemos cualquier cosa que le ahorre a los asistentes de enfermería algún tiempo.

Pensé para mis adentros que Tory no iba a durar mucho tiempo en calidad de voluntaria. Muchas niñas duran poco. Algunas veces se retiran porque esperan hacer cosas interesantes y glamorosas todo el día. Otras no aguantan ver gente realmente enferma o mal herida. Otras simplemente las echan... por ejemplo, si faltan dos veces seguidas sin debida justificación. Hasta ahora, a pesar de que yo trabajo dos sábados al mes, no he faltado ni una sola vez.

Para entonces ya habían llegado más flores y algunas tarjetas y las despachamos... caminando aún más. Y de pronto me di cuenta de que ya era la hora del descanso matinal.

Siempre me da mucho gusto ir a la cafetería del hospital. No nos cuesta ni un peso ya que a los voluntarios nos entregan todas las mañanas un vale que nos autoriza a una bebida para el recreo de la mañana y un almuerzo completo. De manera que me dirigí con Tory a la cafetería, noté que esta vez no se quejó de la caminada, e hicimos fila.

Delante de nosotras había dos médicos en sus verdes batas quirúrgicas. Alcancé a oír que discutían sobre la operación que acababan de practicar. Me encanta escuchar conversaciones como esa a hurtadillas, pero no se dan muchas oportunidades porque los médicos y el personal de enfermeros se sientan en nichos separados, a un lado de la cafetería. No vi otros voluntarios en las mesas, sólo un par de grupos de asistentes de sala en sus overoles azules y algunas mujeres voluntarias mayores en sus batas rosadas, de modo que Tory y yo nos dirigimos a un puesto cerca de la ventana.

Ya sentadas, vi a nuestro médico de cabecera, el doctor Vosch, haciendo fila. Se veía muy distinguido, como siempre, con sus pantalones impecablemente planchados y su batín de blanco inmaculado. Sentí no haber estado aún haciendo cola. Siempre que nos encontramos en el hospital él es muy amable conmigo y se me ocurrió que aquello podía impresionar bien a Tory. Pero el doctor Vosch ni me vio.

En cambio la señora Sullivan sí que me vio. Tan pronto volvimos al vestíbulo de las voluntarias, cayó sobre nosotros.

—¿Dónde han estado? —preguntó en voz demasiado alta.

–Eh, sólo… estábamos en nuestro descanso –farfullé.

–Pues se han desaparecido demasiado tiempo… necesitan una silla de ruedas en West Medical. Melany, ve y buscas una silla de ruedas en Transportes y corre a la habitación número 122. Y tú, Tory, quédate aquí atendiendo el teléfono. Yo debo recoger un paquete en recepción.

La señora Sullivan arremetió a lo largo del corredor. Sin cruzar más palabras me dirigí en la otra dirección, con las mejillas encendidas de rabia. ¡No nos tomamos más tiempo del debido en la cafetería!, me dije con ira. Fuera de eso, tenemos derecho a ese descanso; ¡nada justifica su reproche!. Además de que la señora Sullivan no me cae muy bien, me irritaba que se hubiera molestado conmigo. Para cuando llegué a la habitación 122 con la silla de ruedas, todavía me ardían las mejillas.

A través de la puerta, que estaba abierta, escuché una discusión en plena marcha.

–¡No necesito ninguna maldita silla de ruedas! –gritaba un hombre pelirrojo desde la cama.

–Así lo exige el reglamento del hospital, señor Tanner –le replicó la enfermera que estaba en la habitación–. Todos los pacientes deben utilizar una silla de ruedas para desplazarse o salir de la sección.

La voz de la enfermera tenía un tono severo, como si ya hubiera repetido lo mismo varias veces.

–Pues, en ese caso, se trata de un reglamento ridículo –espetó el hombre–. Puedo caminar perfectamente bien por mis propios medios.

Los pacientes hombres con frecuencia se comportan así. No les gusta la idea de que los arrastren por ahí montados en una silla de ruedas. Supongo que no les parece un espectáculo muy masculino. Una vez incluso me ocurrió que un hombre quería que yo me sentara en la silla de ruedas y él se encargaría de empujar. En fin, por último la enfermera logró convencer al señor Tanner de subirse a la silla. La cara se le había puesto aún mas roja y congestionada y no dejó de refunfuñar en voz alta mientras me dirigía a la sala de rayos-x.

Al llegar a la primera esquina, dejó de rezongar, cosa que me alegró mucho porque la otra situación ya se estaba poniendo vergonzosa. Sin embargo, en ese momento, se apoderó de mí una sensación extraña. Ahora estaba demasiado silencioso, tanto, que me detuve y di la vuelta a la silla de ruedas para verlo de frente. Ya no tenía la cara roja; se estaba poniendo de un gris raro y nada alentador.

–¿Señor Tanner? –le dije–. ¿Señor Tanner? ¿Está usted bien?

No contestó. Observé a mi alrededor, presa del pánico. Estábamos en el largo corredor paralelo al jardín interior y no se veía un puesto de enfermeras por ningún lado. No se veía nadie por ningún lado excepto por una más bien menuda mujer que caminaba un par de metros delante de nosotros. Llevaba su cabello oscuro recogido atrás con una hebilla grande. No parecía ser muy mayor y, como tenía bata blanca, pensé que se podría tratar de un doctora. Corrí a alcanzarla.

–¿Perdone… –la voz me salió chillona–, es usted médica? Este señor que llevo a la sala de rayos–x... se está poniendo de un color muy raro.

La joven mujer se giró para observar el lugar que yo le señalaba y vi que se le abrían los ojos al tiempo que empezó a caminar en esa dirección.

–¡Rápido! –me dijo–. ¡A la puerta trasera de urgen... allá arriba! ¡Ábrela!

Ella se encargó de la silla de ruedas y yo corrí a hacer lo que me pedía. Afortunadamente, yo sabía de qué puerta estaba hablando a pesar de que ninguna señal así lo indicara. Empujé con fuerza la puerta y la mantuve abierta. Entonces, al tiempo que ella cruzaba con el señor Tanner en su silla de ruedas, me dijo:

–Ahora corre a un puesto de enfermeras y avísales que tenemos un caso de paro cardíaco.

A toda prisa, por el corredor, me dirigí hasta una recepción en donde una enfermera se inclinaba sobre unos papeles.

–¡Rápido! –exclamé, señalando al fondo del corredor–. ¡Un paro cardíaco! Ya viene para acá.

La enfermera se levantó de un golpe, observó el corredor y luego se apoderó del teléfono interno y empezó a dar órdenes a los gritos. Casi inmediatamente oí la serena voz del altoparlante diciendo, con tanta calma como siempre: "El equipo de EC favor presentarse en urgencias. Equipo EC a urgencias".

Utilizan códigos de ese tipo para hacerle saber a los médicos en dónde se les necesita sin alarmar a los pacientes. Para entonces, ya la mujer de la bata blanca y la enfermera conducían al señor Tanner a una de las salas de urgencias, cuando vi al doctor Vosch aproximarse presuroso. Entró a la sala detrás de los demás.

Me ubiqué de pie, al lado de la ahora abandonada silla de ruedas y sentía que el corazón me palpitaba en las orejas. Después de todo, ¿qué había ocurrido? ¿Acaso haberse puesto tan furioso le había provocado un ataque cardíaco al señor Tanner? ¿O me echarían la culpa a mí? Yo simplemente cumplía con mi deber llevándolo hasta la sala de rayos–x. ¿Debía devolver la silla de ruedas a su lugar en Transportes? ¿O volver a West Medical para informarles en dónde se encontraba el señor Tanner? ¿O qué?

Así las cosas, simplemente me quedé allí, de pie, al lado de la silla de ruedas durante un buen rato. Otra enfermera ingresó a la sala. Pasaron más minutos y yo permanecí allí, sin moverme.

Entonces, cuando empezaba a sentir que no iba a aguantar más tiempo allí, salió la mujer de la bata blanca. Pareció sorprenderse de verme aún allí.

–Eh…, pues no sé, me preguntaba si… –farfullé.

–No te preocupes –me dijo con amabilidad–. El señor va a estar bien.

–Ah.

A pesar de que no era eso justamente lo que me preocupaba, medio le sonreí y agregué:

–Ah, qué bien.

Entonces ella continuó:

–Fuiste muy alerta al darte cuenta de que el hombre estaba muy mal. Buen trabajo. Buen trabajo –repitió alejándose hacia el puesto de enfermeras.

Sentí un alivio enorme. Nadie me culparía por lo que acababa de ocurrir. Agarré las manijas de la silla de ruedas y empecé a llevarla al cuarto de Transportes. Nunca antes me había ocurrido nada parecido durante mi tiempo como voluntaria. ¡Y pensar que Tory se había quejado de lo aburrido que era nuestro trabajo! Pensé que todas las niñas se iban a sorprender cuando se los contara.

Sin embargo, mientras llevaba la silla de ruedas de vuelta, volví a pensarlo todo otra vez. No me apetecía contarle a Tory nada de lo que había ocurrido, ni a las otras niñas tampoco. Quería guardarlo para mí; sería mi secreto, mi propio pedazo de gloria encerrado en esas dos palabras: "buen trabajo".

De alguna manera me sentía especial. Y me gustaba la sensación.

3. Gordura de infancia

Me aferré a mi secreto durante lo que me quedaba del turno en el hospital. Claro que a mamá sí pensaba contarle una vez llegara a casa, pero al abrir la puerta trasera me encontré con un zafarrancho en pleno desarrollo.

–No vas a usar mi suéter y punto final –gritaba mamá desde la cocina–. Tu blusa quedó muy bien.

Luego vi a Katy con la blusa puesta y el pelo recién lavado contemplándose con el ceño fruncido frente al espejo de la sala.

–¿Al fin te invitaron a la fiesta? –le pregunté.

—Sí— contestó con sequedad.

—¿Y por qué te arreglas con tanta anticipación?

—Voy a comer en casa de Marilyn antes.

Tiró un poco del escote de la blusa, el ceño aún fruncido y luego gritó en dirección a la cocina:

—¡Mamá, esta cosa se ve ridícula!

—Katy, no se ve ni tiene nada de ridículo —replicó mamá.

Mamá se dirigió al *hall* y observó también el reflejo de Katy en el espejo.

—Se te ve muy bien —dijo.

Por los dos platos que mamá tenía preparados en la cocina comprendí que la cena iba a ser ensalada. Mamá seguía, por ahora, tomándose su dieta en serio. Pero yo tenía hambre después de mi jornada de trabajo, así que me preparé un sándwich de mantequilla de maní como extra y bajé a comer en la sala. Comer frente al televisor es algo que sólo se puede hacer cuando papá no está. Alcanzaba a oír a Katy ahora discutiendo respecto a la hora en la que debía regresar.

—¡Pero mamá, soy la única que tiene que estar de vuelta a las once y media!

Hasta que por fin se oyó un porrazo de la puerta de atrás. Me pregunté si se habría puesto el suéter de mamá o no. Katy por lo general se sale con la suya.

Poco después escuché la voz de mamá que descendía desde la cocina:

—¿Melany, te comiste tu ensalada?

—Sí, y también me hice un sándwich de mantequilla de maní.

—Muy bien.

Mamá no quiso bajar con su plato. No le gustan los programas que yo veo. Cuando terminé mi cena y subí a devolver el plato, la vi viendo televisión en el *living*.

—¿Vas a salir esta noche, Melany? —preguntó sin despegar los ojos de la pantalla.

—Sí. Rhona y yo vamos a ir a vespertina al Westway. Debo encontrarme con ella en veinte minutos.

—Bueno, que te diviertas.

Noté que no dijo nada respecto a qué hora debía volver a casa. Sabía que yo regresaría tan pronto terminara la película. ¿Qué otra cosa podía hacer? No es que quisiera que se armara la gorda en el momento en que cruzara la puerta, pero un poco de atención no hubiera estado de más, pensé.

Rhona me esperaba frente al teatro de cine. También estaban allí Valery y Paul y otros muchachos más del colegio. No dejaban de reírse y de hablar. ¿De qué demonios hablarán todo el tiempo?, me pregunté. Con el rabillo del ojo me puse a observar un rato a Valery en un intento por comprender qué es lo que hacía que todos los chicos babearan por ella de ese modo. ¿Acaso era porque siempre actuaba como si supiera a ciencia cierta que era la niña más bonita del vecindario? ¡Imagínense estar uno así de seguro de uno mismo! Supongo que, si ese es el caso, entonces no se preocupará uno mucho por lo que dice o deja de decir. Pensaría uno que puede decir cualquier cosa y que a todo el mundo le va a encantar.

Mientras la observaba, la vi, a Valery, arrimándosele a Paul y acariciarle el cogote y él replicó con un beso. En ese momento me alejé. Ese tipo de cosas me ponen en una situación incómoda. Si eso es lo que hay que hacer con un novio, entonces prefiero no tenerlo. No que tuviera muchas oportunidades de conseguir uno, de cualquier modo. ¿Qué sería peor: comportarse como ese par o no llegar a tener nunca novio? La verdad, no lo sabía.

En ese momento la cola empezó a moverse. Una vez dentro, Rhona y yo compramos nuestras palomitas de maíz y fuimos a coger buen puesto.

–¡No, allí no! –le susurré a Rhona–. ¡No querrás hacerte al lado de Dora!

Dora es tal vez la niña con menos éxito de nuestro curso. Además de ser en realidad muy gorda, huele mal.

–Ay, tienes razón –aceptó Rhona–, mejor no. Qué bagre que es. Ven, hagámonos en este lado.

Escogimos nuestras sillas, nos hundimos en nuestras palomitas de maíz y luego le dije:

–Me pregunto de dónde saldría esa expresión.

–¿Qué expresión? –dijo Rhona con la boca llena de maíz–. ¿Qué quieres decir?

–Decirle *bagre* a una niña fea.

Rhona se sacudió los hombros.

–Ni idea –dijo–. Supongo que del mismo modo que empezaron a decirle *nerdo* a un chico raro.

–Pero los peces no son necesariamente feos –objeté–. Es más, los hay bonitos.

Rhona soltó un bufido.

–Bueno, pues Dora Hemstead con seguridad no es un pez bonito –dijo y volvió sobre sus palomitas de maíz.

La película no fue gran cosa. Además, Valery y Paul se hicieron un par de filas delante de nosotros y no pude evitar ver cómo pasaron toda la película toqueteándose el uno al otro. Me hubiera cambiado de puesto, sólo que no me atrevía a decirle a Rhona por qué. Esas cosas no parecen molestarla mucho.

Apenas se acabó la película me despedí de Rhona y me fui a casa. Cuando entré, mamá seguía viendo televisión.

–Hola –saludó desde el *living*–. ¿Qué tal la película?

–Regular –contesté.

Me acordé entonces de que aún no le había contado lo que ocurrió con el señor Tanner y lo de la mujer de bata blanca que había ponderado mi trabajo. Pero quería contárselo en un momento en el que realmente me escuchara y no mientras miraba la televisión.

–Esta película que están pasando no está nada mal –continuó mamá–. ¿Quieres verla conmigo?

–Uy, no gracias. Además creo que debo trabajar un poco en mi proyecto.

–Bueno, como quieras –dijo amable–. ¿Y cómo va tu proyecto?

–Pues, qué te digo... que nada de lo que dibujo se parece a lo que se supone que debe ser.

–No te preocupes, con seguridad sacas una buena nota. Jamás me preocupo por tus calificaciones –dijo antes de sumergirse de nuevo en su película.

No dije nada al respecto de su último comentario. Supongo que mamá lo dijo con intención reconfortante, pero en el fondo de mi cabeza una pequeña vocecita empezó a azuzarme: "¿Qué tal si esta vez no saco buena nota?" preguntaba la vocecita. "¿Qué tal si de pronto empiezo a sacar malas calificaciones? ¿Entonces qué?"

***

El viernes siguiente papá volvió a casa. Mamá olvidó por completo las dietas y nos dimos una gran cena de cordero asado sentados en el comedor. Sacó la loza fina y hasta puso flores sobre la mesa. Mamá se mandó peinar (por lo general lo hace los viernes) y Katy y yo nos pasamos el cepillo y nos lavamos la cara. Parecíamos una de esas familias felices en un comercial de televisión... y como Katy estaba de buen humor, pues casi también sonábamos como una familia conejín.

–Bueno, ¿y qué me cuentan de nuevo? –preguntó papá después de que todos nos servimos.

–Que he bajado de peso desde que te fuiste –dijo mamá muy orgullosa. (Cosa que yo ya sabía; llevaba anunciando sus progresos toda la semana)–. Quiero bajar un poco más antes de empezar a medirme trajes de baño.

–Cuando yo empiece a medirme trajes de baño lo que quiero es un bikini –metió la cucharada Katy–. Rojo y brillante.

–¿Un bikini? –dijo papá.

–¡Ajá! –replicó Katy–. Ya tengo edad para usar bikini. Y la figura también.

Papá simuló sorpresa:

–¿Mi pequeña se está haciendo grande? ¿Cómo les parece? ¡Y una mujer muy atractiva, si vamos a ello!

Papá parecía muy satisfecho con su comentario y Katy mostró una sonrisita feliz. Quizá fue ese tonito de satisfacción lo que hizo que yo interviniera, algo que no suelo hacer.

–¿Y yo qué, papá? –le pregunté–. También estoy creciendo. ¿Y también soy atractiva o no?

–Bueno... –contestó con buen humor–, por supuesto que eres atractiva, después de todo, todo el mundo dice que te pareces mucho a mí.

No era ese el tipo de respuesta que yo esperaba. Yo quería algo mucho más serio que una broma.

–No, en serio –insistí–. ¿Soy atractiva?

–Por supuesto que sí –dijo papá, al tiempo que se alcanzaba otro pedazo de cordero–. Tienes una buena osamenta facial; cuando desaparezca lo que llaman la gordura de infancia vas a ser un primor.

–¿Gordura de infancia? –dije con ceño fruncido recordando la conversación con Rhona–. ¿Gordura de infancia? ¿Quieres decir que tal como soy ahora parezco un bagre? Así le dicen los chicos en el colegio a una niña que es muy fea.

–Pero no, no, no. Claro que no –replicó papá en el acto–. Gordura de infancia es sólo un término, una manera de decir que, por lo general, los niños y los cachorros… siempre se ven un poquito más gorditos, más redondos que los adultos, eso es todo. No debes dejar que eso te preocupe.

–Ah.

No dije más nada. Katy volvió sobre el tema de los bikinis y mamá opinó que a los quince años se era todavía muy joven para un bikini muy diminuto y entonces Katy empezó a discutir a ese respecto hasta que ya no parecíamos más una familia feliz como las que aparecen en la televisión y todo el mundo se olvidó completamente de mí. Sin embargo, más tarde, arriba en mi cuarto, volví a pensar en lo que había dicho papá y me paré frente al espejo observándome con mucho cuidado.

¿Seré gorda?, me pregunté. Ciertamente no era como Dora, de eso estaba segura. Mi cara es bastante ancha… pero como dice papá, sí me parezco a él y su cara también es ancha. ¿Pero y qué del resto de mí? Me examiné primero de frente y luego de perfil. De lado pude ver la hinchazón debajo del suéter en donde mi busto aún estaba creciendo. ¿Pero eso no se podía considerar como gordura, verdad? Seguro que no… por qué habría de serlo si las niñas en el colegio, y Katy también, viven orgullosísimas de sus bustos incipientes. Incluso Valery, con su tipo esbelto, usa sostén todo el tiempo. Pensé en Valery, tan alta y tan delgada, con su largo cabello rubio que le cae hasta media espalda haciéndola parecer aún más delgada. Jamás me parecería a ella, lo sabía, ni siquiera si lograra deshacerme de mi gordura de infancia.

Al recordar el terminacho otra vez, puse mala cara frente al espejo. Puede que no fuera más que un término, una manera de decir, pero igual era un insulto contra los bagres. Y a todo esto, ¿qué es lo que la gente tiene contra los bagres? A mí me gustan los peces. De pequeña le pedí con frecuencia a mamá que me dejara tener un acuario. Pero siempre me dijo que no. Decía que los peces eran animales que requerían demasiada atención y además se morían a cada rato, de manera que jamás tuvimos acuario.

Esa noche no pude dejar de pensar en el término de papá y, cosa extraña, cuando volví a bajar de mi cuarto, tuve la impresión de que, no importa dónde o qué mirara, todo me recordaba una y otra vez mi gordura de infancia. En la televisión, por ejemplo, pasaban miles de anuncios con comidas para personas que cuidan su línea y gaseosas bajas en calorías y cenas dietéticas precongeladas, todas supuestamente capaces de garantizar que uno se convertiría en las glamorosas modelos delgadas que aparecían en la propaganda. Y una revista que mamá había dejado sobre la mesa de centro tenía un titular en la cubierta que leía *Postres dietéticos que puede disfrutar sin riesgo alguno* y un aviso en la contracubierta con fotos, antes y después, de una mujer que había podido bajar toneladas de peso tomando no sé qué píldoras. Pensé que la industria publicitaria debía ganar millones a punta de las dietas.

Además de las propagandas, todas las actrices me hacían pensar en mi porte. Nunca antes me había dado cuenta de lo flacas que eran todas. ¿Cómo lo lograban? Alguna vez leí que las cámaras de televisión hacían ver a todo el mundo más gordo de lo que en realidad era... en cuyo caso esas actrices debían ser extremadamente delgadas.

En fin, aquella noche, tuve la impresión de que todas las mujeres del mundo eran delgadas o de lo contrario intentaban serlo. Hasta la guía de programas televisados estaba lleno de avisos sobre clínicas para bajar de peso y máquinas para hacer ejercicios. *¡Baje de peso sin pasar hambre! ¡Queme 800 calorías por hora con nuestra exclusiva máquina de remos! ¡30 días para convertirse en una nueva usted!*

Me senté a observar durante un buen rato esta última propaganda. La verdad, me gustaría ser una nueva yo, pensé. ¿Bastaría, para lograrlo, bajar de peso?

4. Contando calorías

Todavía es la hora en la que no sé si, en efecto, hubiera intentado hacer algo respecto a la tal gordura de infancia, si el destino no hubiera intervenido. Quizá no. Pero ocurrió que, al día siguiente, me llegó el período.

Odio cuando me llega la regla. Odio todo lo que la rodea, todo me parece tan basto. Aquellas niñas en el colegio a las que aún no les ha llegado por primera vez y que se mueren por que les llegue... no tienen idea de cómo es la cosa. Y mucho menos comprenden lo doloroso que puede ser. Mamá dice que los retorcijones se harán menos severos a medida que crezca. Y quizá tenga razón... pero ese fin de semana, ni siquiera un par de aspirinas y una bolsa de agua caliente sirvieron de nada.

Afortunadamente aquel sábado no tenía turno como voluntaria en el hospital, así que pude quedarme en cama todo el santo día. Mamá se había empeñado en hacer una gran lasaña para la comida y hasta mi cuarto llegaba el olor suculento de la salsa de tomate que subía de la cocina. Pero con la barriga llena mis retorcijones son mucho peores, de manera que ese día mis planes eran no comer.

A eso del mediodía mamá me subió un consomé.

—¿Te estás sintiendo mejor? —preguntó.

—No. Y eso que me tomé otra aspirina.

—¿En serio? Bueno, pues ya no te tomes más. Por ahora, basta de aspirinas.

Mamá puso el tazón con el consomé sobre mi mesa de noche teniendo el buen cuidado de colocar debajo un posavasos para proteger la madera. Allí acostada, recordé los tiempos cuando era pequeña: si estaba enferma, mamá algunas veces se sentaba a mi lado sobre la cama y me tocaba la frente y a veces me agarraba de la mano o me acariciaba el pelo. Eso me consolaba, recuerdo. Y pensé lo mucho que lo mismo me consolaría en este preciso momento. De manera que extendí mi brazo, en busca de su mano:

—Mami... —dije.

—¿Sí...? —replicó ella. Pero ella ya había levantado el vaso de agua vacío de la mesa de noche y, tras examinar que no hubiera dejado una mancha de agua, se dirigía a la puerta.

—¿Quieres algo más? —preguntó un tanto impaciente.

—Eh..., no —dije escondiendo mi manos debajo de las cobijas—. Así está bien.

—En ese caso, mejor bajo de nuevo a la cocina a revolver la salsa —continuó—. El consomé te sentará bien y quizá te apetezca comer algo más tarde.

—No creo —le dije y cerré los ojos de nuevo.

Escuché sus pasos rápidos bajando las escaleras. También alcancé a oír a papá de vez en cuando, pero él nunca subió. Y para ser honesta, tanto mejor. De alguna manera me daba vergüenza que se enterara de que algo no andaba bien conmigo. ¿Qué tal... qué tal que yo tuviera mal olor? Y sabía que debía tener un aspecto espantoso con el pelo grasoso y enredado.

Para el domingo los retorcijones no habían mejorado nada. Mamá hizo langosta a la Newburg para el almuerzo que, como igual no me gusta, preferí quedarme en cama y tomar más consomé. Por la noche papá se iba de viaje de nuevo, a Texas esta vez. Poco antes de irse asomó la cabeza a mi cuarto.

—Adiós, Melany —dijo—. Nos vemos en unos diez días.

—Muy bien, papá —contesté.

Noté que no había dicho nada como "espero que te mejores pronto", por ejemplo. Quizá él también sentía vergüenza ajena de mi mal. El hecho es que se fue y que acto seguido me levanté para asegurarme de que mi falda larga estaba limpia para el día siguiente llevarla al colegio. Jamás uso *jeans* cuando tengo la regla; me angustia que pueda llegar a verse algo. Y debía madrugar lo suficiente para tener tiempo de lavarme el pelo antes de salir para el colegio... estaba hecho una miseria tras un fin de semana en cama.

¡Cómo me gustaría ser hombre!, pensé. A los muchachos no les llega la regla y además no se tienen que preocupar por la ropa ni el peinado ni el maquillaje. Nadie espera que se vean como las modelos de la televisión. Es probable que a nadie le importe un pito su gordura de infancia. En las propagandas de clínicas dietéticas y gaseosas bajas en calorías sólo muestran mujeres. Sí, todo sería más fácil siendo hombre, suspiré.

Sin embargo, a la mañana siguiente, mientras me peinaba frente al espejo, de pronto exclamé de buenas a primeras:

—¡Oye, mírate!

En efecto me vi un poco más delgada tras un fin de semana sin nada más que consomé y Ginger Ale. Quizá el hecho de que tuviera puesta una falda larga ayudaba... pero a medida que me observaba en el espejo, girando mi cabeza de aquí para allá, me pareció que definitivamente tenía la cara más delgada. Y un poco más pálida también. Chupé las mejillas, languidecí mi expresión e hice pose de interesante heroína frágil de esas que hablan en los libros.

Dicho sea de paso, nadie en el colegio notó nada diferente en mí, pero con mi estómago aún semivacío yo sí me sentí más delgada. Pensé que quizá era hora de bajarle a la redondez de mi gordura de infancia. No sería difícil, mamá resolvía bajar de peso cuando le venía en gana. No pensé en otra cosa durante todo el día y tan pronto llegué a casa corrí a la cocina y saqué todas las tablas de calorías de mamá.

Jamás las había mirado a pesar de la cantaleta de mamá y sus calorías. Pero ahora mis ojos se abrían incrédulos porque lo que las tales tablas y gráficos mostraban era asombroso. Me sorprendió no más pensar que un mero pedazo de pan con mantequilla sumaba 170 calorías, y eso sin mantequilla de maní o sin mermelada. ¡En ese caso la tostada con miel que yo por lo general me empacaba al desayuno debía sumar muchísimo más! Y la Ginger Ale que venía tomando toda la semana tan contenta debía contener por lo menos 100 calorías un vaso lleno. El consomé estaba bien, sólo 15 calorías pero, fuera de eso, no parecía haber nada más bajo en calorías como no fueran la lechuga, el apio y los champiñones. Ah, y las gaseosas dietéticas, supuse. Por otro lado, una taza de chocolate con crema batida, figuraba alto en la lista con increíbles 340 calorías.

Me senté pues en la mesa de la cocina echándole cabeza a qué cosas comía en un día normal y cuántas calorías sumaban. La cifra era considerable. En uno de los folletos aparecía la foto de una mujer delgada y sonriente. Con razón se ríe, pensé, siendo tan delgada. Con toda seguridad sería mucha la comida que debía abandonar para algún día llegar a verme así.

Mientras estaba allí sentada, sonó el teléfono. Era Dan.

–Melany –dijo (Dan pocas veces se tomaba la molestia de saludar con un *hola* o *¿cómo estás?*)–, papá encontró una bonita ilustración para ti, para tu proyecto, quiero decir, ¿o ya lo entregaste?

–No, debo entregarlo el miércoles.

–Bien, entonces quizá puedas usarla; ven, pásate por acá.

Volví a meter todos los folletos y tablas de calorías en el cajón y pasé a casa de mi vecino. El dibujo que el papá de Dan había encontrado era bueno. Por lo menos me servía para comenzar algo y además al profesor Boucher siempre le gustaba que los proyectos fueran ilustrados.

–Excelente –le dije a Dan–. ¿Puedo quedarme con él?

–Claro. Salió de una de las revistas de ingeniería de papá.

–Gracias.

No sabía qué más decir, en realidad Dan se había esmerado buscando la ilustración, todo por mí. Sin embargo, todo lo que dijo Dan fue:

–Vale. Ven, bajemos para que veas lo que hice con la nueva señal; pero antes voy a poner a hervir agua para el chocolate caliente.

Dijo eso y se dirigió a la estufa. Las palabras *chocolate caliente* resonaron en mi cabeza como una alarma. Aún podía ver las cifras de las tablas de calorías: 340. Y como Dan lo hacía, tal vez más. Me parecía ver el número bailando delante de mis ojos en letras grandes y negras.

–Eh..., tal vez para mí no –dije apresurándome antes de que alcanzara la tetera–. Hoy paso de chocolate caliente.

Dan se detuvo a medio camino y se giró para mirarme:

–¿Qué dices? –preguntó–. ¿Por qué no? Siempre tomamos chocolate.

–Pues, mira, no me sentí muy bien el fin de semana... tuve algo como una infección intestinal.

–Ah –dijo, comprensivo–. Bueno, en ese caso, ¿prefieres una Ginger Ale?

Mi cabeza se aceleró en un esfuerzo por recordar la cifra exacta que le asignaban a la Ginger Ale, pero se interpusieron las propagandas de televisión que había visto la otra noche:

–¿Es dietética, la Ginger?

–¿Ginger Ale dietética? –volvió a mirarme sorprendido Dan–. ¿Y para qué quieres algo dietético?

–Porque... porque me gusta.

–¿Te gusta? A mí me parece que tiene un saborcito raro. De cualquier modo, no tenemos. Mamá dice que esos edulcorantes sintéticos no son buenos para la salud.

—No te preocupes entonces —le dije—. No tomaré nada.

—Bueno.

Dan se preparó su propio chocolate caliente y bajamos a ver qué había hecho con el paisaje alrededor de su nueva señal. Sin embargo, no le presté mucha atención a lo que me mostraba. No podía dejar de pensar en el tazón de chocolate que se tomaba y en lo rico que olía. Casi cambio de parecer, justo en ese instante, y pido un poco. Pero no lo hice. Después de un rato empecé a sentirme terriblemente... virtuosa. Querer tanto una cosa y no permitírsela... eso implicaba verdadera disciplina, pensé. No todo el mundo era capaz de hacerlo. De hecho, no conocía a nadie que pudiera hacerlo.

Lo de sentirme virtuosa fue una sensación que me acompañó en lo que quedaba del día y cuando volví a casa hablé con mamá en la cocina.

—Sabes qué, mamá —le dije—, creo que también yo voy a hacer dieta.

La reacción de mamá al escuchar la palabra dieta fue muy distinta a la de Dan.

—¿En serio, Melany? —dijo, casi con satisfacción.

—Sí. Quiero desaparecer la gordura de infancia de la que habló papá.

—Bueno, tú no eres gorda, pero a nadie le hace mal pesar un poco menos.

—Sí —acepté—. ¿Y qué hay de comida a todo esto?

—Nada especial esta noche. Un poco de pollo que sobró de la semana pasada con puré de papa y habichuelas. Una buena comida dietética, excepto por la papa.

—Entonces nada de papa para mí —dije.

—Muy bien. ¿Quieres salsa del pollo?

—No. Sólo el pollo seco y las habichuelas.

Pedí pues el menú con elegancia, pero para entonces ya los retorcijones se habían ido del todo y realmente tenía hambre. Fue mucho más difícil de lo que yo esperaba evitar el puré de papa y la salsa del pollo. El pollo y las habichuelas se veían desolados en mi plato... de manera que para hacer parecer que estaba más lleno, pasé varios minutos disponiendo con sumo cuidado mi cena: me cuidé de que las lonjas de pollo se traslaparan con precisión milimétrica e hice un círculo perfecto con las habichuelas. Y luego comí siguiendo también un orden predeterminado: un bocado de pollo, una habichuela. Eso me ayudó a olvidar un poco la mucha hambre que tenía y a no fijarme en lo mucho que comía Katy. Un bocado de pollo, luego una habichuela, masticando muy despacio, bocado tras bocado.

Y funcionó, casi del todo... hasta que a Katy le dio por acercar a la mesa los restos de un pastel de manzana. Lo habían precalentado en el horno y olía que daba gusto.

—¡Qué bien huele eso! —exclamó mamá—. Me temo que voy a hacerle trampa a la dieta y me comeré un pequeño pedazo.

−Me parece muy bien −dijo Katy, al tiempo que cortaba un tajada delgada−. Lo que quede lo corto en dos y tú escoges, Melany, me parece justo así.

−Uy, no −dije de una vez.

−¿Cómo así que no? −brincó indignada Katy−. ¿Acaso te parece injusto?

−No, quiero decir que no quiero pastel.

−¿No quieres? Ah −dijo ya un poco más calmada−. Eso es otra cosa. ¿Sigues enferma o qué?

−No, no está enferma −metió baza mamá−. Melany ha decidido seguir mi ejemplo y empezar a hacer dieta.

−¿Hacer dieta? ¿También ella? −preguntó Katy con desdén−. Bueno, pues a mí no me van a pillar en esas. Oigan, ¿eso significa que puedo comerme un pedazo tan grande como quiera?

−Supongo que sí −dijo mamá.

Me levanté de la mesa lo más rápido que pude, pero el olor del pastel llegaba hasta arriba en mi cuarto. Bueno, pensé, si quiero, puedo comerme un pedazo. Después de todo fue exactamente lo que hizo mamá. Cada trozo de pastel de manzana tenía 300 calorías, de manera que un tercio de tajada serían sólo como 100...

Pero, de nuevo, no cambié de parecer. Si iba a hacer dieta, la iba a hacer bien, como Dios manda... cosa que significaba nada de postre, ni siquiera un pequeño pedazo. Así, sentada en mi escritorio, aquella sensación de niña virtuosa se apoderó de nuevo de mí. No logró que mi estómago se sintiera mejor al respecto, pero yo sí me sentí muy distinta. Me sentí especial, como me sentí en el hospital aquel día. Y superior también. Era mejor para hacer una dieta incluso que mamá, pensé, y eso que yo acababa de empezar. Era una persona con disciplina, disciplinada y... pura. Quizá incluso santa... ¿acaso lo que hacía no era "mortificar la carne"?

Me quedé el resto de aquella noche en mi cuarto, en parte porque no me atrevía a acercarme a la cocina, pero sobre todo para gozar con aquella sensación de sentirme un ser especial. Era maravilloso sentir que se es mejor que los demás. Valía la pena soportar una barriga ronroneando de hambre.

***

Durante toda la semana que siguió me senté después del colegio en la mesa de la cocina a estudiar las tablas de calorías de mamá. Y como tengo buena memoria, muy pronto tenía las cifras bien grabadas en la cabeza. Quizá demasiado bien... pronto me descubrí, cada vez que veía a alguien en el comedor del colegio con una barra de chocolate o una magdalena o un brownie, viendo el número de calorías flotar delante de mis ojos. ¿Cómo podían comer una cosa que engordaba tanto? ¿Acaso no lo sabían?

El número de calorías que sumaba mi propio almuerzo (y mi desayuno y mi comida) nunca estaba lejos de mi mente. Pero era una cifra muy modesta. En lo que a mí respecta, se habían acabado las tostadas con miel al desayuno, los sándwichs de mantequilla de maní y banano al almuerzo y el postre a la cena. Nada de postre. Incluso creo que llegué a hacer sentir culpable a mamá cada vez que yo rehusaba una de esas ofertas, todas y cada una de las noches.

–De vez en cuando está bien un poco de helado, Melany –me decía, al tiempo que ella se servía una porción pequeña.

Pero yo ni probaba. Si voy a hacer algo, lo hago tan bien como me sea posible. Hacer dieta significa cero postre y punto. Y, por lo menos entonces, el asunto parecía merecer la pena, ya que una semana después, en mi siguiente turno como voluntaria, alguien notó una diferencia en mí.

–¿Oye, Melany, no estarás bajando de peso? –me preguntó la señora Sullivan cuando me vio colgando el abrigo en el vestíbulo.

–Eh, sí. He adelgazado.

–¡Dios mío, eres una maravilla! –exclamó–. Cómo me gustaría quitarme unos kilitos de encima, pero no logro mantener una dieta. Me gusta demasiado la comida, como verás.

No hice ningún comentario al respecto. Pero no pude dejar de sentir desdén por sus palabras. ¿Acaso creía que a mí no me gustaba la comida? ¿Acaso creía que era fácil llegar después del colegio a casa, muerta de hambre, y subirme derecho al cuarto?

¿Pensaba acaso esta mujer que era fácil soportar el olor de los wafles congelados de Katy calentándose en la tostadora y no antojarme por uno?

Me recordé entonces que yo era mejor que ella. Que yo sí era disciplinada. Le lancé una mirada a su barriguita redonda –que con sus *slacks* ajustados la hacían prominente– y como por acto de magia dejó de molestarme la desazón que ahora sentía en el estómago casi todo el tiempo. Es más, me sentí orgullosa de todo ello al tiempo que levanté la cabeza y me marché.

Ese sábado hubo mucho movimiento. La primera hora la pasé atendiendo el teléfono en el cuarto de voluntarias. Allí siempre hay revistas y una de ellas me llamó la atención. La modelo que aparecía en la cubierta se parecía un poco a la Valery Novak del colegio. También tenía el pelo rubio y largo, como el de Valery, pero era más delgada, mucho más delgada.

Pensé que así de delgada quería verme. Quizá debía dejarme crecer el pelo, como el de ellas. Esto es, si mamá me dejara, porque no más me crece un poco el flequillo y ya me lleva a la peluquería. Es probable que mamá opine que el pelo largo se ve desordenado.

Igual, agarré la revista y la metí en mi mochila para llevarla a casa. Decidí que recortaría esa foto. Se convertiría en mi inspiración, mi meta. Me encantaría parecerme, verme como ella.

Tras una hora al lado del teléfono me pusieron en la entrega de flores. Había muchas y caminé toda la mañana. Estuve muy atenta para ver si localizaba a la doctora que me había ayudado la vez pasada, la joven de cabello negro largo, pero en vano. Para la hora de almuerzo estaba rendida y con mucha hambre.

–¡Qué bien! –exclamó Bitsy que hacía cola detrás de mí–. Hoy hay lasaña. Ojalá me den una porción grande.

No dije nada. Estaba concentrada examinando los platos de ensalada, haciendo esfuerzo por calcular cuántas calorías podía tener cada uno. Bitsy notó el lugar en donde yo me había ubicado.

–¿No me dirás que vas a comer ensalada, verdad? –preguntó–. ¡Por Dios, Melany, la lasaña es el mejor plato de aquí!

Y lo era. No tan buena como la de mamá, pero muy pasable.

–Sí... –dije–, pero hoy paso. Me apeteció una ensalada.

–Se te olvidó tu postre –continuó Bitsy, que observaba mi bandeja–. Y ya dejamos atrás la sección de postres.

–Lo sé. Quizá más tarde, si tengo hambre, vuelvo a pasar.

–Pero... –Bitsy seguía observando extrañada mi bandeja–, pero debes entregar tu tiquete de almuerzo ya. Si vuelves después tendrás que pagar.

–¡Pues pago! –le repliqué con ira–. ¿Por qué no me dejas escoger el almuerzo que me dé la gana, por favor?

Opté por una ensalada con requesón, una gaseosa dietética y entregué mi tiquete a la cajera. No era mucho almuerzo, pero con eso me bandeaba. Luego me dirigí rápida y decidida a un rincón de la cafetería y me senté sola, lejos de las otras voluntarias y sobre todo lejos del olor de sus lasañas. Además, debía sentarme sola para poder decidir en paz cómo arreglar mi plato. Distribuir la comida en el plato en un patrón específico y luego comer siguiéndolo me hacía más fácil olvidar lo poco que estaba comiendo, de manera que esta vez dividí cada ítem en cuatro: cuatro montones de requesón, cuatro de apio, cuatro trozos de huevo duro y cuatro de lechuga. En seguida procedí a comerme un bocado de cada montón en estricto orden... para cuando terminé, apenas si me di cuenta de que todavía tenía hambre.

Pero mi estómago sí lo notó, cabe decir. A eso de las dos de la tarde me sentí un poco mareada. Me senté al lado del teléfono en el cuarto de voluntarias y recliné la cabeza en mis brazos para ver si eso ayudaba.

–¿Qué te pasa, Melany? –preguntó la señora Sullivan.

–Estoy... tengo un pequeño mareo –le expliqué, diciendo la verdad; y luego, ya menos honesta, agregué–: La semana pasada tuve un infección intestinal.

–¿En verdad? Bueno, en ese caso simplemente siéntate ahí y sólo contestas al teléfono. Bitsy y Jane, ustedes dos vayan a la sala de cirugía en el segundo piso. A mí me solicitan en Admisiones.

Me alegró poderme quedar ahí, sentada al lado del teléfono. Y estar sola. No tenía ganas de hablar con nadie, ni siquiera con Bitsy. De algún modo el trabajo de voluntaria, aquel día, no me pareció muy emocionante.

5. Depre de cumpleaños

Cuando llegué a casa, papá estaba allí. Había llegado de Texas con un par de horas de antelación. Tan pronto me vio, saludó con un silbido.

–¡Mírenme a Melany! Mamá me dijo que empezaron una dieta juntas. Bueno, pues ya veo que has bajado un poco de peso.

–Sí –le contesté, contenta de que lo hubiera notado–. Estoy haciéndola.

–¡Pues te sienta muy bien!

Mi ánimo se disparó a los cielos con el piropo. Cosas así no me las decía con frecuencia. Pero claro, Katy tuvo que meter la cuchara en la conversación.

–¡Ja! –bufó–. A mí sí no me van a ver haciendo dieta. A los chicos no les gustan las niñas demasiado delgadas. Les gustan las curvas.

–Me importa un pito lo que les guste a los chicos –dije.

Katy me miró como quien no cree la cosa:

–¿Entonces para qué haces dieta?

–Por mí –le dije–. Sólo por mí, por mi propio bien. Porque quiero ser delgada.

–¡Ja!– bufó Katy de nuevo y alzó los ojos al cielo, incrédula.

Para la comida aquella noche mamá había preparado un pavo al horno. No recordaba haber visto eso en las tablas de calorías, pero sabía que tenía fideos y crema y jerez y sabe Dios qué más cosas, de manera que con toda seguridad engordaba. El olor me encantó. Y tenía hambre. Pero cuando mamá se dispuso a servir, papá me sonrió y dijo:

–Supongo que nuestras dietistas no se van a servir mucho de esto.

Cosa que me hizo más fácil decir a continuación:

–Poquito para mí, por favor.

No sobra decir que, un par de veces, durante la comida, la sonrisa de papá desapareció para decirme con brusquedad inusual: "Melany, no juegues así con la comida". Sólo que yo no estaba jugando. Simplemente la estaba ordenando de manera que el pavo y la ensalada no se tocaran para así poder alternar los bocados. Y tenía que hacerlo, no importaba qué dijera papá. Es más, algunas veces incluso contaba los bocados de modo que no le prestaba mayor atención a la conversación en la mesa, hasta que en un momento Katy dijo algo que me llamó la atención:

—Oye, mamá —dijo—, anoche vi *Lo que el viento se llevó* en el video de los Simmons y se me ocurrió pensar que Scarlett O'Hara en efecto era Katy Scarlett, ¿me entiendes? Y su rival era Melany, Melany Wilkes. ¿Acaso nos bautizaste en honor a la película? ¿De ahí sacaste nuestros nombres?

A mamá se le aguaron los ojos:

—*Lo que el viento se llevó*... ¡cómo adoro esa película! La debo haber visto por lo menos cinco veces.

—¿Y por eso nos pusiste Katy y Melany? —insistió Katy.

—No —dijo mamá, con los ojos aún empañados—. Para decirte la verdad ni siquiera me acordaba de que Scarlett era Katy Scarlett.

—También a mí se me había olvidado —dijo papá—. Pero en el caso de que les hubiéramos puesto los nombres en honor a la película, con seguridad acertamos: la niña formal Melany y la malgeniada y difícil Katy.

—¡Sí señor! —aceptó Katy, sin sentirse en lo más mínimo ofendida—. Menos mal soy malgeniada y difícil como Scarlett. Scarlett se divirtió más. Además, no quisiera yo ser calladita y formal como Melany Wilkes y terminar muriendo joven.

—Vamos, no creo que nuestra Melany vaya a morir joven —dijo papá—. Diciendo esto, muy pronto estarás cumpliendo años, ¿cierto Melany? ¿Trece años cumplimos?

—¡Trece no! —vociferé levantando la cabeza de mi plato; ¿acaso papá ni siquiera sabía cuántos años tenía yo?—. ¡Cumplo catorce!

—¡Catorce! —exclamó papá enarcando las cejas con exagerada sorpresa—. ¡Dios mío, pronto ustedes dos se convertirán en mujeres hechas y derechas y querrán casarse! Más vale que empiece a ahorrar para los matrimonios.

—Más te vale —aceptó Katy—. ¡Porque el mío va a ser descomunal!

—Con toda seguridad —dijo papá, sonriente y luego se dirigió a mí—: Cambiando de tema, a tu fiesta, ¿cuántos invitados vendrán, Melany? ¿Vas a invitar muchachos este año?

—Justamente eso le he estado preguntando yo también —dijo mamá—. Pero dice Melany que no quiere hacer fiesta.

—¿No hacer fiesta? —dijo papá—. Pero por supuesto que quieres hacer una fiesta, ¿no es verdad, Melany?

—Pues… todavía no lo he decidido —contesté sin pensarlo mucho—. Voy… voy a pensarlo. Todavía no sé a quién quiero invitar.

—Tendrás que decidir pronto. Cumples el próximo viernes —dijo mamá.

—Lo sé —dije, y volví a concentrarme en lo de contar mis bocados.

Me excusé de la mesa tan pronto como pude. El hecho de que no iba a comer postre me daba una buena razón para hacerlo. Llevé el plato vacío a la cocina y subí rápido a mi cuarto.

¡Cómo me gustaría no cumplir catorce años! pensé al tiempo que me planté frente a mi tocador. Daría cualquier cosa por estar cumpliendo cuatro años a cambio, y que nadie me hablara de crecer y de fiestas con chicos y casarse. No quería crecer; mucho mejor sería quedarme de trece y jamás tener que preocuparme de novios y salir con muchachos. Y todavía mejor tener doce porque en ese caso tampoco tendría que preocuparme por mis períodos. Doce sería excelente, por siempre jamás.

Pero eso era imposible, claro. En fin, sentada frente al tocador me observé en mi hermoso espejo de marco dorado para ver si mi rostro estaba algo más delgado. Me pareció que sí. Y también más pálida. En efecto, sí me parezco un poco a la pequeña Melany en *Lo que el viento se llevó*, pensé. Por lo menos un poco, si me peinara con carrera por la mitad como ella lo hacía. Alcé mi peine e intenté hacerme la carrera por la mitad. Mi flequillo era un problema, sin embargo. Me tocaría recogerlo con ganchos para que no cayera sobre mi frente… eso sí, no se parecía para nada a los suaves y negros bucles alados de Melany Wilkes.

Frustrada, desistí de mi peine. Además, pensé, Katy tenía razón: Melany Wilkes no la pasaba muy bien en la película. Se quedaba en casa haciendo el papel de niña buena en vez de ir a las fiestas. ¿Y qué iba a hacer yo respecto a mi fiesta? No quería hacerla. Me sentiría ridícula invitando un grupo de muchachos de mi curso a una fiesta, cuando ni siquiera eran mis amigos. Todo lo que quería para el día de mi cumpleaños era que me decoraran el casillero.

Me apoyé sobre mis codos y me imaginé la situación. Daría la vuelta en la esquina del corredor, caminando muy despacio como si nada y, de pronto, vería el destello deslumbrante de los colores al frente. Y vería a Rhona frente a mi casillero. Y quizá a Mónica y Sandy... ellas dos a veces almuerzan con Rhona y conmigo, de manera que bien podían estar ellas dos allí. No les molestaría hacerlo. Y mi sorpresa sería enorme... una sorpresa genuina, no fingida como la de Valery. Y yo no fanfarronearía como lo hizo ella. Sólo dejaría ver mi satisfacción y mis amigas me desearían un feliz cumpleaños. En primaria todo el curso solía cantarme el *Happy Birthday* porque mamá solía hornear unas pequeñas tortas que luego llevaba al colegio para que el profesor o la profesora las repartiera durante el recreo. Además, me dejaba vestirme elegante ese día y todo el mundo exclamaba de admiración al ver entrar la bandeja de tortas y yo me sentía tan bien y tan especial...

Me encantaría volver a sentirme así.

***

Por supuesto que la realidad casi nunca coincide con nuestros sueños. Y mi cumpleaños no fue una excepción. Aquel viernes, cuando llegué al colegio, en efecto lo hice caminando despacio, como si nada, a lo largo del corredor, con mucha naturalidad y desenfado. Y no pude dejar de esperar que de pronto, de pronto...

Pero bastó una mirada a la fila en donde estaba mi casillero para desinflar todas mis esperanzas. Ningún resplandor de serpentinas de colores y ningún grupo de amigos a la espera. Sólo grises casilleros cerrados. Grises, grises, grises.

Rhona ya estaba allí.

—Hola —dijo, abrupta; tenía media cabeza metida dentro de su casillero buscando entre su desorden sus libros.

No contesté su saludo. Me sentía demasiado acongojada para hablar.

—Oye —exclamó de pronto Rhona—, casi lo olvido, feliz cumpleaños.

Me incliné sobre mis libros dentro del casillero no en busca de nada sino para ocultar mi cara. No puedo llorar, me dije. No puedo.

A mi lado escuché que Rhona cerró con fuerza su casillero.

—¿Qué te pasa? —preguntó—. Hoy es tu cumpleaños, ¿o no? ¿Fue hoy que me invitaste a comer, verdad?

No sé cómo, pero logré recuperar mi voz.

—Sí, es hoy.

—Eso pensé. Bueno, en ese caso, feliz cumpleaños.

—Vale, gracias —farfullé y saqué mis libros con rapidez—. Vamos, de prisa que llegamos tarde.

No había modo de llegar tarde; ni siquiera había sonado la primera campana. Con todo, corrí a nuestro salón sin esperar a Rhona. Una vez allí, vi que el salón estaba prácticamente desocupado excepto por un par de niñas en la parte de atrás y nuestra profesora, la señora Rivera.

Me acerqué a mi pupitre y dejé caer mis libros con más fuerza de lo que suelo hacerlo. Ante el ruido, la señora Rivera levantó la cabeza.

—Melany —dijo—, te he notado algo distinto últimamente, ¿estás más delgada?

Hice una pausa mientras me sentaba:

—Pues… tal vez sí —dije.

—¿No estarás enferma, verdad?

—No, por supuesto que no. Es que estoy haciendo una dieta. Eso es todo.

Una de las niñas que estaba al fondo habló:

—¿En serio? —dijo—. La verdad que sí te ves distinta, Melany.

—¿Me veo diferente? —a duras penas si pude ocultar mi sorpresa; o mi placer; creía que sólo Rhona se daba cuenta de mi existencia.

—Sí, te ves distinta —estuvo de acuerdo la señora Rivera—. Por eso me pregunté si no estarías un poco enferma.

—Estoy bien —le dije—. Muy bien.

Sonó entonces la primera campana y el salón empezó a llenarse. Me senté y abrí mis libros en preparación para la clase, como siempre hacía. Pero por dentro me moría de la felicidad. La gente empezaba a notarlo, pensé. ¡Ya me veía diferente! Esperen a que esté tan delgada como la modelo en la cubierta de la revista. Entonces sí que me notarán. Me admirarán tanto como a Valery. Cuando esté así de delgada, todos me admirarán. Y me querrán. Seré muy popular, tendré muchos amigos. Esperen no más, pensé. ¡Sólo esperen!

***

Tal y como Rhona recordó en el colegio, esa noche ella estaba invitada a comer en casa. Había por fin logrado convencer a mamá de que no quería hacer una fiesta y que prefería invitar a un par de amigas a cenar y luego ir a cine. Y además había sido capaz de llenarme del valor suficiente para atreverme a invitar a Mónica y a Sandy también. Pero resultó que ellas dos tenían una competencia de natación esa misma noche. Por lo menos eso fue lo que dijeron y quizá era cierto... así las cosas, quedó Rhona como única invitada a mi "fiesta".

Me alegró que papá no estuviera en casa; hubiera armado un gran alboroto. Quizá mamá también se sentía algo decepcionada conmigo, pero al menos no dijo nada. Arregló muy bien la mesa para nosotras cuatro y preparó un *roast beef* que era lo que yo había pedido. No quería nada que engordara, como por ejemplo lasaña o espaguetis.

Rhona, por supuesto, sabía que yo estaba en dieta ya que almorzábamos juntas. Con todo, no pudo evitar enarcar las cejas cuando vio que yo sólo me servía ensalada y *roast beef*.

—¿Cómo puedes pasar de estas deliciosas papas al horno? —me preguntó, al tiempo que se servía ella misma una buena cantidad de ellas.

Yo alcé los hombros con indiferencia y no dije nada.

—De cualquier modo, no veo para qué quieres bajar de peso —dijo Rhona.

—¿Para qué? ¿Qué para qué? —repetí la interrogación—. ¡Qué pregunta más tonta! Todo el mundo quiere bajar de peso.

—Yo no —dijo Katy—. Jamás haré dieta.

—No digas de esta agua no beberé... ya verás —dijo mamá—. Espera a que tengas mi edad. Tarde o temprano casi todas las mujeres hacen dieta.

—¿En serio? —preguntó Rhona, que no parecía muy convencida.

—Pero claro que sí —le dije—. Mira cualquier revista. Todas están llenas de anuncios de clínicas estéticas y comidas y bebidas bajas en calorías y de artículos sobre cómo bajar de peso. Y no sólo para mujeres... para niñas también. Todas las modelos que uno ve son bien delgadas.

—¿Lo son? —dijo Rhona—, no me había fijado.

Le lancé una mirada fulminante para hacerle ver que se comportaba como una idiota. Casi había olvidado que yo tampoco lo había notado hasta aquella noche en la que papá empezó a hablar sobre la gordura de infancia. Sin embargo, seguí molesta con ella, casi sin dirigirle la palabra, hasta que

Melany

terminamos el primer plato y entonces... entonces mamá acercó la torta de cumpleaños.

Era cuadrada, cubierta con un glaseado blanco, en cada esquina unas rosas color amarillo y rosa y en el centro, en letras rosadas, se leía *Feliz cumpleaños Melany*. Mamá lo había comprado en una pastelería lujosa y lo había puesto sobre nuestra mejor bandeja de plata.

–Este año sólo me tocó comprar una torta pequeña –comentó mamá–. Recuerdo que el año pasado pedimos para tu fiesta una doble y aún así hubo trifulcas por quiénes se quedaban con las rosas.

¿Este año me puedo pedir una? –preguntó rápido Rhona.

–Yo también –agregó Katy–. Quiero una tajada de esquina.

–La tajada de esquina es para nuestra invitada –dijo mamá reprochando a Katy- y para la cumpleañera.

–¿Cuál es el problema? –dijo Katy–. Hay cuatro esquinas y cuatro personas.

–Vamos, Katy, una torta no se puede cortar así.

Yo apenas si le prestaba atención a la conversación... estaba aterrada, en pánico. No había pensado de antemano en esta parte. ¿Qué iba a hacer respecto a la torta? Una torta como esa debía tener trillones de calorías. Una sola tajada de ese empalagoso postre bastaba para subir el peso que había perdido.

—Tú cortas, Melany —dijo mamá acercándome el cuchillo—. Y no olvides pedir un deseo.

Estaba demasiado ocupada con mi pánico como para pedir ningún deseo, de manera que me dije, para mis adentros, quiero ser muy delgada y clavé el cuchillo. Corté un par de buenas tajadas esquineras para Rhona y para Katy, luego una lateral para mamá ("No muy grande par mí", había dicho mamá) y por último, una tajadita muy pequeña, interior, para mí, cosa que provocó otra embestida de Rhona.

—¿Eso es todo lo que te vas a comer? —preguntó absolutamente incrédula.

—Bueno, pues estoy en dieta, como bien sabes —le repliqué.

—Sí, lo sé, pero es tu torta de cumpleaños. Vamos, una tajada de torta no te va hacer ningún daño.

Cuando ya le lanzaba otra mirada furibunda a Rhona, mamá intervino para cambiar de tema. Casi con seguridad más tarde me echaría un sermón sobre el buen trato que se le debe dar a un invitado. Pero no me importó. Mientras acomodaba mi brizna de tajada sobre mi plato, mordisqueando unas cuantas migajas y evitando a toda costa el empalagoso glaseado, deseé no haber invitado a Rhona para empezar. ¿Acaso no se daba cuenta de que si me comía una buena tajada de torta quizá me antojaba y me dieran ganas de más? ¿Antojarme tanto que no sería capaz de detenerme? Podía saber tan bueno y sabroso que perdería todo control y no dejaría de comer, comer y comer...

***

Fue más tarde aquella misma noche, después de que volvimos de cine, que mamá me habló. Sólo que no dijo una sola palabra sobre las buenas maneras para con los invitados.

—Melanie —me dijo—, me parece que te estás tomando lo de la dieta demasiado en serio. En verdad no probaste tu torta... tu propia torta de cumpleaños.

—¡Sí que comí un poco! —protesté.

—Un bocado, eso fue todo. Cuando recogí la mesa descubrí casi toda tu tajada escondida debajo de la servilleta arrugada —dijo frunciendo el ceño—. En realidad nunca has sido gorda, Melany. Creo que ya bajaste lo suficiente de peso.

—¡Claro que no he bajado lo suficiente!

—Me parece que sí. Es más, has bajado mucho y tú lo sabes.

—Lo sé —dije muy orgullosa—. Pero quiero bajar un poquito más... como para darme un margen de seguridad, ¿entiendes? Tú misma has dicho lo fácil que es engordar de nuevo tan pronto deja uno una dieta.

—Pues sí, es cierto. Pero necesitas alimentarte mejor de lo que lo estás haciendo ahora. ¡Todavía estás creciendo!

—Sí, pero no quiero crecer a lo ancho. Aunque sí me gustaría apurarme un poco y hacerme más alta. Las mujeres altas siempre se ven más delgadas.

—Tal como estás, estás suficientemente delgada. Es más, tu cara está un poco chupada. Tú...

En ese instante se abrió la puerta de atrás y entró Katy como una tromba.

–¡Oye, mamá!– dijo al tiempo que cruzaba en dirección a la sala–. Voy a llevarme nuestro equipo de sonido, ¿vale?

Mamá se puso de pie de un salto y corrió a impedirle el paso.

–Un minuto, señorita. ¿Qué es lo que estás diciendo?

–Simplemente que voy a llevar el CD del equipo de sonido donde los Simmons. Queremos bailar y el tonto de Richard estropeó el de ellos.

–¡Katy! –exclamó mamá extendiendo los brazos para no dejarla pasar–. No te vas a llevar el CD de tu papá y punto final.

–¡Por favor, mamá! –imploró Katy–. ¡Es urgente!

–¿Y qué cosa te has comido, a todo esto? –le preguntó mamá–. Creo que ingeriste algo que no debías y lo noto por la manera como te estás comportando.

–¡No he comido nada! –replicó furiosa Katy, zapateando el suelo.

–¿Qué bebiste entonces?

–Nada. Un poco de gaseosa.

–Sí, claro, de naranja supongo. Katy, sabes muy bien lo que esa gaseosa te hace. Trata de calmarte un poco antes de irte.

Me escabullí fuera de la cocina y subí a mi cuarto. Por una vez me alegraba de una de las pataletas de Katy: mamá ya habría olvidado el asunto de mi cara.

Además, no estaba chupada. Ni siquiera estaba aún lo suficientemente delgada. Debía adelgazar muchísimo, más si quería que todo el mundo se fijara en mí. Fijarse en mí y tener éxito, ser popular.

6. Rutinas de almuerzo

A la mañana siguiente, cuando abrí el refrigerador, encontré el resto de la torta allí dentro, aún en la fina bandeja de plata. A pesar del tamaño de los pedazos que se comieron Rhona y Katy, todavía era mucho lo que quedaba. Demasiado... no supe si iba a resistir la tentación, así que procedí a cortar una buena porción, la envolví en papel metálico y me la llevé a la casa vecina.

–Oye –dijo Dan al abrir la puerta–, hace marras que no te veo. ¿Dónde has estado?

–Pues… he estado ocupada con varias tareas, casi todas las tardes.

–¿En serio? ¿Por qué diablos te ponen ahora tantas tareas? Antes no era así.

Me sacudí de hombros. La verdad no es que tuviera más tareas sino que ahora parecía tomarme toda la tarde hacerlas. Me costaba trabajo concentrarme. Se me olvidaban las cosas... buscaba una palabra en francés y dos minutos después la había olvidado. Pero no fue eso lo que le dije a Dan. Lo que hice fue ofrecerle el envuelto en papel metálico.

–De cualquier forma –le dije–, aquí estoy y te traje un pedazo de mi torta de cumpleaños.

–¡Oye, feliz cumpleaños! ¿Cuándo fue?

–Ayer.

Dan desenvolvió el paquete con avidez.

–Se ve delicioso –dijo–. Ven, entra. Le ponemos una vela, la encendemos y así puedes pedir un segundo deseo. Voy por unos platos.

–No, no... Dan , no puedo. Tengo cosas que hacer. Sólo quería que lo probaras.

–¿No tienes ni un minuto para comerte un pedazo de torta?

–No, en serio, tengo que acompañar a mamá a hacer una vuelta.

–Ah, ya veo.

Y guardó silencio, eso fue todo. Sin embargo, en su rostro se formó una expresión extraña, se puso como en blanco. Cosa que me molestó muchísimo. ¿Acaso sabía que estaba mintiendo respecto a la diligencia con mamá? Quizás. No soné muy convincente. Debí anticiparme y así hubiera tenido lista una mejor excusa. ¿Se tomaría la molestia de observar para ver si en efecto mamá y yo salíamos? En ese caso, ¿debía pedirle a mamá que me llevara hasta las tiendas a comprar algo?

En realidad me mortificaba pensar que Dan pudiera molestarse conmigo. Pero no hubiera podido sentarme con él a comernos una tajada de esa exquisita y empalagosa torta. Simplemente no podía hacerlo.

Volví a mi cuarto y de pie me observé en el espejo. Estaba más delgada, eso ya lo sabía. Pero aún no me veía como la niña en la cubierta de la revista, aquella rubia de cabello largo. Saqué la revista del cajón de mi escritorio donde la tenía guardada y la acomodé bien contra el espejo. De lado me veía aún más delgada, fue mi dictamen. Y mi brazo, si lo extendía bien, eso sí era delgado. Permanecí así, de pie con el brazo extendido frente a mí, torciéndolo y girándolo de aquí para allá para descubrir su punto más delgado y deleitarme con ello. Si extendía el brazo así... y ponía mis dedos asá... casi podía ser el brazo de una bailarina de ballet, pensaba. Y eso pagaba la pena de que alguien estuviera molesto conmigo, casi.

Después de un rato me alejé del espejo y me senté en mi escritorio. Tenía abierta mi tarea de francés y la observé. Pero en realidad lo único que veía era la bandeja de plata en la nevera con lo que quedaba de mi torta de cumpleaños. A pesar de haberle dado a Dan una buena tajada aún quedaba un buen pedazo. Me lo podía imaginar con pelos y señales, hasta el último detalle: el extremo con las letras …*leaños* en pálida caligrafía rosada, la rosa amarilla en la esquina, el pegote que quedaba de glaseado en donde antes había estado el resto de la torta. Podía olerlo también, dulce y cremoso. Si cerraba los ojos, casi podía degustarlo.

Pasé casi toda la mañana allí sentada pensando en la tal torta. Me descubrí pensando en comida una cantidad de tiempo. Pensaba en pedazos de tostada con toneladas de mantequilla y miel cortados en tiritas; en un platado de puré de papa cremoso cubierto de una salsa jugosa; en galletas crujientes y leches malteadas y helados y mantequilla de maní y espaguetis y chocolate caliente.

Antes no solía pensar en comida todo el tiempo. ¿En qué pensaba antes? En el colegio, supongo… en qué nota iba a sacar, qué comentarios aparecerían en la libreta de calificaciones, en por qué Valery tenía tanto éxito y cómo podría yo lograr lo mismo y en si las otras niñas en el vestíbulo se habrían dado cuenta de que yo tenía la regla y estaban hablando de mí y si se preguntarían si yo tenía novio y si para empezar me interesaría tener uno o no.

En fin, supongo que pensar en comida, por lo menos, era más sencillo.

***

Tras el episodio de la torta de cumpleaños me volví muy reservada con mamá.

Como no quería oír más ninguna cantaleta, me ingenié varios trucos para hacerla pensar que yo sí estaba comiendo. Al desayuno, por ejemplo, me servía un tazón lleno de cereal y picaba cucharaditas lentamente hasta que, tan pronto mamá abandonaba la cocina por cualquier motivo, yo echaba lo que quedaba en la basura. Me llevaba lo que quiera que me empacara de almuerzo para el colegio sin decir nada al respecto y simplemente me deshacía después del sándwich; al llegar del colegio, por la tarde, le hacía ver que subía un vaso de leche y galletas a mi cuarto y luego lo arrojaba todo en el excusado. La comida era algo más difícil, pero como mamá aún estaba haciendo dieta para poder caber dentro de un traje de baño talla 10, entonces no podía decirme mayor cosa, particularmente si pensaba que yo ya me había comido unas galletas con leche.

En las semanas que siguieron me volví bastante buena en esto de mi comportamiento solapado. Además, afortunadamente para mí, mamá tenía en ese entonces demasiadas cosas en la cabeza. Había decidido que debía remodelar la sala y hacerle una chimenea de verdad. (La verdad no sé muy bien por qué, ya que nuestro sistema de calefacción mantiene toda la casa lo suficientemente caliente). La construcción de la chimenea resultó ser un trabajo largo y sucio, con obreros dejando a su paso polvo y mugre por toda la casa durante días y días... de manera que entre semana e incluso cuando papá estaba en casa, mamá no se molestó por hacer comidas muy elaboradas. Sólo una vez, la víspera de otro viaje de papá, preparó una gran comida. Esa noche me inventé que estaba invitada a cenar en donde Rhona y me fui a cine sola.

Para entonces, cualquier invitación donde Rhona, tenía que ser mentira. Ya casi no me veía con ella. Evitaba sentarme a almorzar con ella; estaba harta de sus comentarios tontos sobre mi dieta. Lo que hacía, en vez, era llevarme mi almuerzo (lo que sí me comía: los trozos de zanahoria y la naranja) afuera, a una colina que quedaba al fondo de la cancha de deportes. Muchos chicos y chicas salían a almorzar afuera cuando hacía buen tiempo y desde la colina podía verlos hablando entre sí, riéndose, jugueteando y coqueteando. Sin embargo, lo curioso es que ya no tenía el menor deseo de unirme a ellos, de hacer parte de eso. Ahora los observaba como quien observa una pieza de teatro, una pieza que le interesa poco. De cualquier modo, nunca había pertenecido a ningún grupo y ahora ni siquiera quería hacerlo. Era mucho más fácil sentarme allí en esa colina, encerrada en mi propio capullo y desde allí observar el mundo.

A medida que pasaban los días descubrí que el estómago ya no me dolía tanto. Cuando empecé mi dieta los retorcijones de hambre solían ser espantosos. Tan horribles que casi me rindo varias veces.

Pero después de un tiempo, apenas si me percataba de ellos. Supongo que mi estómago comprendió quién estaba en control. Y me gustaba comer sola, como venía haciéndolo en la colina. Sola, podía tomarme el tiempo que me viniera en gana ordenando los gajos de naranja y trozos de zanahoria sin que nadie se molestara por ello o hiciera comentarios sarcásticos al respecto. Me hubiera gustado comer todas mis comidas allí. Sólo que, un par de veces, de pronto me sorprendí, como saliendo de un ensueño, para comprender que me había pasado casi toda la hora de almuerzo ordenando y reordenando los gajos de naranja dentro de mi lonchera. Sin comerme ni un solo gajo. Eso me dio un poco de miedo. No podía dejar de preguntarme cómo era posible que me pasara todo el recreo del almuerzo en eso. Y por qué lo encontraba necesario, ya que, incluso cuando tomaba conciencia de lo que estaba haciendo, era incapaz de dejar de hacerlo. Seguía ordenando y reordenando, déle que déle, hasta que sonaba la campana para señalar que se había acabado la hora de almuerzo y entonces volvía al salón de clase.

***

Durante mis días de trabajo voluntario en el hospital siempre me ponía la misma blusa blanca, era una blusa de algodón de cuello abierto. Sin embargo, uno de aquellos sábados en el hospital, pocas semanas después de mi cumpleaños, en el momento en el que me incliné en busca de la blusa, dudé. Venía yendo al colegio todos aquellos días con suéter puesto… por algún motivo siempre me parecía tener frío. La primavera se me antojó menos cálida de lo normal. Así las cosas, me debatí entre la blusa y el suéter un buen rato, tan buen rato que, de hecho, no me quedó tiempo para ordenar mi cuarto como Dios manda antes de salir. En fin, por último me puse mi suéter de trenzas y eché la blusa en el morral de manera que, si hacía mucho calor en el hospital, simplemente me cambiaba y ya.

No debí preocuparme; no hizo mucho calor en el hospital. Quizá ya no ponen la calefacción tan alto, pensé. Sin embargo, Tory se quejaba.

–¿Cómo aguantas ese suéter encima aquí adentro? –me preguntó–. ¡Me estoy asando! ¿No tienes calor?

–No –le dije–. Estoy muy bien.

–¿En serio? ¡Qué rara eres!

Me echó una mirada como quien no cree la cosa y se remangó su camisa un poco más. Yo me di vuelta y me dirigí al cuarto de flores. No quería trabajar todo el día con Tory… además había creído que para entonces ya habría renunciado. En fin, busqué rápido qué ponerme a hacer. No había flores en espera, pero sí una tarjeta dirigida a alguien en la habitación 232, la recogí y subí con premura.

Ya iba corredor adentro cuando comprendí que había olvidado cotejar el nombre versus la lista de pacientes, pero no quería devolverme y correr el riesgo de encontrarme de nuevo con Tory, así que seguí en mi carrera.

La habitación 232 queda en el ala infantil en el segundo piso. El largo corredor lo decora un mural con personajes de Disney y todos los cuartos tienen cortinas de vivos colores y papel de colgadura con un motivo de payasos. Una vez llegué a la habitación 232, vi que en ella había dos camas, pero sólo una estaba ocupada... el ala infantil del hospital es la única que nunca está superatestada. La razón es que la mayoría de los padres prefieren el gran hospital infantil en el centro de la ciudad.

La cama junto a la ventana la ocupaba un niñito de unos seis años quizá, de cara pecosa. No parecía estar muy enfermo, pero sí parecía ser muy terco. Una enfermera a su lado, al pie de la cama, estaba allí con un frasco y una cuchara en mano y era obvio que estaban en medio de una batalla.

–Hola –dije, con el mejor ánimo; todo parecía indicar que en realidad podía hacerme útil–. Tengo una cosa para ti.

–¿De verdad? –dijo el niñito–. ¿Qué cosa?

–Tómate tu remedio y luego te la muestro.

El niño extendió el labio inferior como si se dispusiera a iniciar una discusión, pero tras unos segundos cambió de opinión, abrió la boca, se tragó la cucharada de líquido amarillo que la enfermera le ofrecía y acto seguido estiró la mano en mi dirección.

–¡Dámela! –dijo.

Le acerqué el sobre cuadrado:

–¿Te llamas José, verdad? ¿José Wallace?

El niño frunció el ceño.

–No me llamo José –dijo, con desdén.

En ese momento la enfermera dio un paso adelante para interceptar el sobre. Miró a quién iba dirigido y frunció el ceño también:

–Aquí dice habitación 282 –dijo.

Me acerqué para observar yo misma el sobre en su mano.

–¿Eso... eso dice? –tartamudeé–. Ay, me pareció que decía 232.

–Pero además –continuó la enfermera–, se supone que cualquier envío al ala infantil debes llevarlo primero al puesto de enfermería. ¿Acaso no te lo han dicho?

Para entonces ya la criaturita había empezado a dar alaridos:

–¡Quiero mi tarjeta! ¡La quiero!

La enfermera me despachó con un gesto furioso de la mano.

–Por favor, vete –me dijo en voz baja–. Y ten más cuidado la próxima vez –agregó dándome la espalda para atender al escandaloso Billy.

Con la mejillas encendidas, me marché. ¿Cómo pude ser tan estúpida? A pesar de que sí parecía un 232, igual sabía perfectamente que en el ala infantil debía primero pasar cualquier cosa por el puesto de enfermería. ¡Nunca antes había cometido errores! ¡Yo no cometía errores!

Me alejé de prisa por el corredor, con la cara roja de vergüenza, hasta la siguiente ala y la habitación

282. A duras penas si pude ver al tal José Wallace (un hombre de por lo menos ochenta años) al tiempo que le entregaba su tarjeta y no esperé a que me diera las gracias. Las palabras de la enfermera no dejaban de resonar en mis oídos: "la próxima vez ten más cuidado". Yo, Melany... yo era muy cuidadosa; ¿acaso no lo sabía ella? ¡Yo era la mejor voluntaria del equipo de la señora Sullivan! La letra no estaba muy clara y..., y de cualquier modo, no tenía derecho de dirigirse a mí de esa manera. Después de todo, yo no era más que una simple voluntaria, no tenía por qué hacer este trabajo. ¡Y quizá eso es lo que voy a hacer! pensé de pronto. Quizá renuncie. Así tendré más tiempo para mis deberes. ¿A quién diablos le puede hacer falta este trabajo después de todo?

Me dirigí muy lentamente al vestíbulo de los voluntarios dándole tiempo a mis mejillas para que se enfriaran. Al salir del ascensor en el piso principal vi al doctor Vosch que esperaba frente a los ascensores del otro lado. No lo veía por aquí en el hospital desde hacía varias semanas, en efecto desde aquel día del incidente con el señor Tanner. Bueno, por fin alguien a quien por lo menos le caigo bien, pensé agradecida y logré sonreír.

–Hola, doctor Vosch –dije dirigiéndome a él.

Él levantó la mirada y me sonrió de vuelta:

–Hola, Mel...

Pero se interrumpió en media frase y aguzó la mirada:

–¡Melany! –dijo, acercándose y tomándome del brazo–. ¿Has estado enferma? ¿Por qué has bajado tanto de peso?

Con el rabo del ojo alcancé a ver una joven enfermera que salía del ascensor y me miró. Me enderecé un poco.

–Estoy bien –le contesté–, sólo que estoy haciendo una pequeña dieta, eso es todo –agregué orgullosa.

–¿Pequeña dieta? –espetó el doctor Vosch, examinándome de pies a cabeza–. Más que pequeña, ven conmigo.

Giró de manera abrupta y se dirigió a la puerta trasera de la sala de urgencias. Sorprendida, y más bien confundida, lo seguí. ¿Por qué me llevaba a Urgencias? ¿Querría que le ayudase en algo? Quizá eso era todo… sólo que su tono sonó como el de alguien muy enfadado.

Así, el doctor Vosch me guió a lo largo del corredor de Urgencias, dejamos atrás a los pacientes en espera y se metió en una de las salas de tratamientos. Allí no había nadie más. El doctor Vosch se dirigió al fondo y se detuvo al lado de una pesa que había en el rincón.

–Descálzate –me ordenó–, y súbete a esa pesa.

Se le veía muy serio, más serio que nunca. Sin musitar palabra, hice lo que me pedía. El doctor Vosch procedió a correr las pesas a lo largo del brazo de la balanza, y luego las corrió otro poco más, y una vez más, aún más atrás, su rostro más y más sombrío con cada movimiento. Entonces se giró y me fulminó con la mirada.

—A ver, Melany —dijo—, dime, ¿qué crees que estás haciendo? Sabes muy bien que has bajado mucho de peso desde la última vez que te vi, ¿verdad?

No tenía idea de qué me estaba hablando, pero no me atrevía a decírselo en esas palabras porque parecía estar muy furioso. Igual, no me dio tiempo para contestar.

—Y mira lo que tienes puesto encima —continuó, jalando una de las mangas de mi suéter—. Has perdido tanto peso que ya no puedes ni siquiera mantener la temperatura adecuada de tu cuerpo... de otro modo no aguantarías ese pesado suéter en este invernadero de hospital. A todo esto, ¿en qué están pensando tus papás que te han permitido adelgazarte así? En este mismo instante voy a llamar a tu mamá y voy a ponerle una cita en mi consultorio contigo para a la semana entrante. ¡Y ni un kilo menos, señorita! Más te vale que empieces a comer de nuevo como Dios manda, ¿me oyes?

A duras penas si podía no escucharlo, era tal la furia con la que hablaba. Es probable que lo hubiera oído, no sólo yo, sino todo el mundo que esperaba en el corredor, de manera que, cuando se marchó, me esperé un rato en la sala de tratamientos antes de escabullirme hasta el vestíbulo de las voluntarias. ¡Maldita sea, maldita sea, maldita sea! pensé para mis adentros. ¿Por qué diablos tenía que toparme con el doctor Vosch justamente hoy? ¡Cuánto me hubiera alegrado jamás haber entrado a este voluntariado!

Dorothy Joan Harris

Corrí a lo largo del corredor llena de ira. Después de todo, ¿por qué diablos debía el doctor Vosch molestarse tanto porque yo había bajado un poco de peso? Estos hechos no coincidían con las cosas tal y como yo había imaginado que fueran... para nada se parecían a las fantasías que yo misma había tejido respecto a cómo la gente se fijaría en mí y cuánto me admirarían una vez estuviera delgada. Cierto, el doctor Vosch sí se fijó en mí, pero de admiración, nada.

Cuando llegué al cuarto de voluntarias Bitsy estaba al lado del teléfono. Me eché sobre una de las sillas sin decir un sola palabra.

—Necesitan una persona con una silla de ruedas en West Medical —me dijo—. ¿Quieres ir, Melany?

—No —farfullé—. No voy a ir. No voy a ir a ningún lado. Es muy probable que renuncie a todo este asunto.

Puse mi codo sobre el brazo de la silla y clavé mi rostro contra mi mano dándole la espalda. Y así permanecí un buen rato intentando olvidar el recuerdo de la voz de la enfermera, de los ojos iracundos del doctor Vosch y de la cara de sorpresa de Bitsy.

92

7. Comienzan las batallas

Si se puede decir que mi dieta había generado algunos problemas con mamá, ni qué decir de lo que ahora se me venía encima. El doctor Vosch debió llamarla por teléfono casi inmediatamente porque mamá me esperaba en la puerta para cuando regresé a casa del hospital.

–¡Melany! –gritó, con los labios apretados de la rabia–, te dije hace semanas que estás adelgazando demasiado, pero no me has puesto la menor atención, ¿cierto?

–¡Claro que sí te he puesto atención! –le repliqué–. Me has visto comer, ¿no?

Dorothy Joan Harris

—No lo suficiente —dijo mamá en tono sombrío—. Esta tonta dieta tiene que terminar.

—¿Tonta dieta? —grité—. ¿Cómo así que tonta? ¿Sólo cuando tú las haces no son tontas?

—Bueno, para empezar no las hago hasta enfermarme, he ahí una pequeña diferencia.

—Yo no estoy enferma.

—Pronto lo estarás. Por lo menos eso dice el doctor Vosch. Nos puso cita para vernos con él, ambas, el martes entrante y agregó que para entonces más te vale haberte puesto unos kilitos encima.

—¡Pero si no puedo hacerlo! ¡Me engordaría otra vez!

—Melany, óyeme bien, tengo la comida lista y te vas a sentar a comértela en este mismo instante.

Había preparado macarrones gratinados, calientes y burbujeantes, con una crujiente capa de miga de pan encima. Ella sabía muy bien que era uno de mis platos favoritos. Sin embargo, lo único en lo que yo podía pensar era en sus famosas tablas de calorías, las letras y cifras en clara letra de molde frente a mis ojos: macarrones gratinados, 300 calorías por porción. Y mamá me sirvió por lo menos una doble.

—¡Pero, mamá! —protesté—. ¡No me puedo comer todo eso! ¡No puedo! No me cabe en el estómago. Tú sabes que el estómago se encoge.

—Tienes que comerte todo —me ordenó.

—¡*No puedo*!

Para mi sorpresa, de pronto comprendí que las últimas dos palabras las había soltado con un alarido. Y yo no suelo gritar ni chillar. Es Katy la encargada

94

de eso en esta casa. Pero no hubiera podido comerme semejante plato ni aunque así lo quisiera. Simplemente no podía.

Bueno, una parte de mí sí quería. Cuando, con los ojos de mamá fijos en mí, empecé a picar el montón de sabrosos macarrones calientes, me supo delicioso.

Pero otra parte de mí estaba paralizada de horror. Una voz por dentro me gritaba: ¡No! ¡No debes engordarte! ¡Tienes que ser la más delgada! ¡Tienes que serlo!

En fin, con mamá de pie, encima de mí, no tuve más remedio que comerme una buena cantidad de la enorme porción. No me permitió dividirla en cuatro pedazos como me hubiera gustado hacer y cada vez que dejaba descansar el tenedor sobre el plato, decía:

—Tienes que comértelo todo, Melany.

Entonces yo protestaba:

—Pero es que no me cabe.

A lo que ella replicaba:

—Tienes que acabarlo todo.

Hasta que no pude más. Me levanté de la mesa de un salto y corrí escaleras arriba a mi cuarto, cerré la puerta de un golpe (tampoco soy yo la que tira las puertas en esta casa) y lloré a mares. Me sentí tan mal. Me dolía el estómago con toda esa cantidad de comida a base de harina y féculas. Pero mucho peor que todo era la sensación de que ya no me sentía una persona especial, ya no era mejor que los demás. Había perdido mi pureza.

***

Aquella comida sentó el precedente para los siguientes tres días. Algo espantoso. La única cosa, la que resultó ser la menos desagradable de todo el asunto, fue ver la expresión del rostro de Katy durante las comidas mientras mamá y yo entrábamos en batalla. Katy no estaba acostumbrada a sentarse a escuchar las batallas de otros o, para el caso, a que la ignoraran. Me miraba rarísimo, casi se diría que celosa y no musitaba palabra.

El lunes por la mañana mamá me empacó un enorme almuerzo para el colegio, con dos sándwiches de mantequilla de maní, un plátano y un paquete de galletas. Miré el paquete aterrada.

—Y tienes que comértelo, Melany —me dijo—. Esta misma noche llamaré a Rhona para preguntarle si te lo comiste todo o no.

—Ya no almorzamos a la misma hora —le mentí.

—Pensé que siempre almorzaban juntas.

—Antes sí, pero nos cambiaron los horarios… la cafetería se estaba llenando mucho al mediodía.

Me sorprendía la facilidad con la que ahora me salían las mentiras. Ahora que necesitaba mentir.

—Bueno, igual tendrás que comértelo todo, Melany —insistió mamá—. Ya sabes lo que dijo el doctor Vosch respecto a subir de peso. Y mañana tenemos cita con él después del colegio.

En ese momento no quise discutir más. Pero tampoco me comí el almuerzo. Al mediodía ni siquiera fui a la colina. Si de ahora en adelante tenía que comer más al desayuno y a la hora de comida con mamá supervisándome hasta que terminara, pues lo que haría era saltarme el almuerzo del todo. De lo contrario, me volvería a ganar toda la gordura de infancia de la que me había logrado deshacer después de tanto trabajo y esfuerzo.

A la hora de almuerzo encontré una banca vacía en el corredor y me senté en ella, reclinando la cabeza hacia atrás contra la pared. Así, el mareo resultaba más manejable. A pesar de que el corredor estaba lleno de niñas y muchachos que iban de aquí para allá hablando y riéndose, apenas si alcanzaba a oírlos. El capullo protector que había sentido crecer a mi alrededor en la colina, ahora permanecía conmigo, firme en su lugar, casi todo el tiempo. De todos modos, allí sentada, con los ojos a medio cerrar, me percaté de que alguien se acercaba para detenerse, de pie, frente a mí.

Era Dan. Un asunto más bien extraño ya que Dan y yo no solíamos hablar en el colegio. Sin embargo, allí estaba, plantado frente a mí, manos en la cintura, se dirigió a mí en la manera que le era usual:

–¿Sí sabes cuál es tu problema, verdad, Melany? –me dijo furioso.

–¿Mi problema? ¿De qué estás hablando? –le repliqué–. Yo no tengo ningún problema.

–Sí que lo tienes. No creas que no me doy cuenta de lo flaca que estás y sé qué es lo que anda mal: tienes anorexia.

Alejé mi espalda de la pared para sentarme derecha:

–¿Qué dices?

Dan sacudió un poco la cabeza y frunció el ceño:

–Anorexia. Anorexia nerviosa. Eso es lo que tienes.

Lo observé boquiabierta:

–¿Quieres decir que tengo lo que tenía la princesa Diana?

–No, ella sufría de bulimia, pero son casi la misma cosa. Ambos son trastornos con la comida –dijo de manera enfática–. Y la gente se muere de eso.

Me recliné de nuevo contra la pared intentando asimilar esta ocurrencia. Pero estaba tan mareada que no era fácil pensar con claridad. ¿Anorexia? Pero si eso era una enfermedad. Yo no estaba enferma. Ni muriéndome. Sólo quería ser alguien muy especial, eso era todo. Y ser especial significaba ser delgada. Y yo era una persona especial, podía ser más disciplinada que cualquiera. ¿Quién más sería capaz de abstenerse de probar siquiera el glaseado de su propia torta de cumpleaños?

Dan me interrumpió en medio de mis pensamientos:

–¿Qué crees que estás haciendo, ah? –continuó–. ¿Acaso crees que así te ves más glamorosa o algo así? Porque la respuesta es que no. Solías ser una chica bonita… pero ahora te ves horrible.

Titubeó un instante, pero luego agregó:

–¡Te ves en verdad fea, si quieres que te diga la verdad! ¿Quién te metió en la cabeza toda esta tontería de hacer dietas?

Me puse de pie y, simplemente, me alejé de Dan. No quería oír una sola palabra suya más al respecto.

Pero terminé escuchando muchas más palabras al respecto. El doctor Vosch me soltó otro tanto de lo mismo después de que me examinara el martes.

—¡Al diablo con todas esas revistas y periódicos! —espetó iracundo—. No hacen más que repetir cualquier tontería que se les cruce por la cabeza o les dé por hacer a esas estrellas del espectáculo. ¿Me imagino que pretendías imitar a alguna de esas modelos, no?

—¡No imitaba a nadie! —le respondí con furia—. Sólo quiero ser delgada, eso es todo. Ustedes los médicos no dejan de hablar de lo malo que es el exceso de peso. Entonces, ¿por qué no se alegra de ver a alguien que no está gorda?

Sentí la mano de mi madre tocándome el hombro en señal de reproche por mis palabras de furia. Por lo general, cuando me acompañaba donde un médico, yo apenas si hablaba… era mamá la que se encargaba de contar que me dolía la garganta o que me había salido un sarpullido o lo que fuera.

Pero al doctor Vosch lo tenían sin cuidado las buenas o malas maneras.

—Tienes razón, estar pasado de peso no es saludable —aceptó—. Pero tampoco lo es la falta de peso. En particular a tu edad. ¿Dejó de llegarte tu período?

Fruncí el ceño en un esfuerzo por entender su pregunta:

—¿Cómo así?

—¿Tú ya estás menstruando, verdad? —me preguntó.

—Eh, pues... pues sí. Un par de veces —contesté farfullando; no me gustaba para nada este tipo de conversación; ni siquiera con un doctor.

—Bueno, pues en ese caso... pronto se interrumpirá tu ciclo menstrual si es que aún no se ha interrumpido. Cuando una mujer pierde el 15% de su peso, cosa que tu probablemente ya perdiste, deja de menstruar.

Bajé mi mirada. Si creía que eso me iba a preocupar, estaba muy equivocado.

—De cualquier modo —continuó el doctor Vosch—, tu presión arterial definitivamente está baja. Tendré que pedirte que te hagas unos exámenes de sangre para ver cómo están tus niveles de electrolitos y potasio. Es probable que también estén bajos y eso puede ser peligroso. Tiene usted que aumentar de peso, mi querida y joven señorita.

—Hago todo lo posible, doctor Vosch —metió baza mamá—. Le preparo sus platos favoritos, pero ella se niega a comer lo suficiente, no importa lo que yo le diga.

Dirigí mi mirada a través de la ventana, lejos de los dos. Sus voces parecían provenir de algún lugar remoto, lejos de mi capullito privado y por lo tanto eran palabras a las que no les concedía importancia alguna. Incluso cuando el doctor Vosch me pinchó para sacarme una muestra de sangre, a duras penas si sentí el pinchazo. Simplemente no entienden, me dije. No entienden que no me puedo permitir comer esos platados que mamá insiste en poner frente a mí. Si lo hiciera, y bastaría con que lo hiciera una sola vez, perdería completamente el control.

De pronto, sin embargo, la voz del doctor Vosch penetró en mi cabeza y las próximas palabras que dijo las escuché con suma claridad.

—Sabes una cosa, Melany —dijo—, entre más se prolongue tu condición, más difícil es curarla, de manera que no voy a tolerar una actitud de *esperemos a ver qué pasa* al respecto. Los resultados de los exámenes de sangre me dirán qué tan grave es la situación, pero te lo advierto de una vez: tienes una semana para subir algo de peso. Si no lo haces, te hospitalizo.

—¿Hospitalizarme? —pregunté—. ¿Quiere decir en el Lakeshore?

—Sí. Veré cómo te encuentro una cama en el ala infantil. Así que, si no cambias de manera radical y pronto, ya no estarás allí en calidad de voluntaria sino de paciente.

—¿Y... por cuánto tiempo?

Entonces me penetró con los ojos y respondió:

—Por el tiempo que sea necesario.

***

La vuelta a casa en el auto transcurrió casi en silencio. Supongo que mamá también quedó impresionada con la idea de la hospitalización. Tan pronto llegué a casa, corrí a refugiarme en mi habitación.

Al parecer, últimamente pasaba demasiado tiempo en mi habitación. Y sin embargo, ya no me parecía un lugar tan seguro como antes. Daba vueltas por ahí, reordenando de manera automática mis chucherías en los estantes de mi biblioteca. Era evidente que la señora que viene a ayudar con el aseo había estado por aquí, pero aún así no dejaba de sentir miedo. Miedo de muchas cosas, pero sobre todo de volver a engordar. Saqué la revista del cajón en donde la guardaba y me acerqué con ella al espejo. Aún no me veía tan delgada como esa modelo… de eso estaba segura a pesar de todo lo que hubiera dicho el doctor Vosch. De manera que, ¿por qué le estaba permitido a las modelos ser de verdad delgadas y a mí no? A juzgar por la sonrisota que desplegaba la modelo, ciertamente ella estaba muy contenta con su vida. No tenía ningún doctor encima regañándola y amenazándola con hospitalizarla si no subía un poco de peso.

En un momento dado, la voz de mamá interrumpió mis reflexiones. Hablaba en voz muy alta y estaba furiosa, cosa que definitivamente no era lo normal. Mamá no consentía que se hablara en ese tono: ni ella ni Katy ni yo. Abrí la puerta y me acerqué con sigilo al borde de las escaleras para oír mejor.

Hablaba por teléfono y la escuché decir:

—Mira, Rob, no me importa que tengas una cita en diez minutos. ¡Tengo que hablar contigo ya! Lo del doctor Vosch realmente me dejó muy preocupada.

Hablaba con papá, claro... y sobre mí. ¿Acaso, para variar, al fin discutían sobre mí? La voz de mamá continuó:

—Pero claro que estoy tratando de que coma, pero no sabes lo terca que puede ser. Sí, terca con mayúscula, tu dulce y pequeña Melany.

Que extraño, pensé; siempre hice tanto esfuerzo por ser buena, ¿por qué me exaltaba tanto saber ahora que podía ser mala?

—¡Bueno, pues también yo estoy cansada de los problemas con la comida! —continuó mamá con tono estridente—. Después de todo, soy yo la que se ha encargado de cuidar la comida de Katy durante todos estos años y ahora tener problemas con Melany también..., ¡es demasiado! No puedo sola... bien, por lo menos habla con ella entonces. ¡Tú empezaste todo con tu lindo comentario sobre la gordura de infancia!

Pronto me alejé del borde de la escalera y, para cuando escuché la voz de mamá gritando, "¡Melany!", fingí salir de mi cuarto.

—¿Sí, dime? —repliqué.

—Papá quiere hablar contigo por teléfono.

Cosa que no era exactamente verdad, como yo bien sabía. Él no quería hablar conmigo. Y de paso, por una vez, yo no quería hablar con él. Pero igual bajé las escaleras y le recibí el teléfono a mamá.

—Hola, papá —dije.

—Mira, Melany —dijo él sin más preludio, sin siquiera un *hola*, tal y como solía hacer Dan—, me cuenta tu mamá que estás llevando esto de la dieta

demasiado lejos y tú sabes mejor que nadie que
hacerlo es un tontería.

–Bueno, pues fuiste tú quien dijo que me veía
mejor sin la gordura de infancia.

–Vamos, Melany… –ahora su tono de voz sonó
indignado–. Siento mucho haber mencionado
semejante estupidez en mi conversación.

–¿Quieres decir que no decías la verdad cuando
comentaste que me veía estupenda? ¿Cuándo me
silbaste y todo?

–Pues claro que sí, por supuesto que lo dije en
serio… en ese momento. Pero tu madre me cuenta
que estás mucho más flaca ahora. Y ser demasiado
flaco no es bonito, como tú sabes.

–No creo que esté demasiado flaca.

–Sin embargo el doctor Vosch opina que sí lo estás,
como me acaba de decir tu madre. Mira Melany,
tengo que colgar ahora, voy tarde a una reunión. Te
llamaré más tarde. Y por favor, come bien esta noche,
hazlo por tu madre, ¿vale?

Colgué sin contestar sí o no. Mamá tenía los ojos
clavados en mí y los labios apretados. Pero, de buenas
a primeras, dejó ver una sonrisa luminosa.

–Estoy preparando un pollo para la cena, Melany
–dijo–. ¿Con qué lo quisieras, papas a la francesa o
espaguetis? Haré lo que prefieras. ¿Qué tal con un
poco de ese arroz a la parmesana que solía matarte?

No le devolví su gran sonrisa.

–No sé –fue todo lo que farfullé.

–Bueno, pues escoge, haré lo que digas.

—¡Te digo que no sé! ¡No quiero ninguna de esas cosas!

—Antes solían gustarte. Ahora, si lo que quieres es algo diferente... ¿qué sería entonces?

—¡No tengo ni idea!

Ya estaba gritando de nuevo, sin embargo, mamá no dijo nada al respecto, simplemente agregó:

—Muy bien, te daré una sorpresa en ese caso. Ve y descansas mientras es hora de comer.

Mientras comíamos, al tiempo que mamá no paraba de hablar, muy sonriente, sobre lo muy rico que todo había quedado (preparó unos espaguetis muy especiales para acompañar el pollo), Katy permaneció en extraño silencio. Supongo que mamá le había contado lo que dijo el doctor Vosch porque apenas si abrió la boca.

Era agradable ver a Katy menos combativa a la hora de comer. Y agradable también encontrar a mamá esperándome en la puerta para cuando volví del colegio al día siguiente, ofreciéndome un tentempié y sentándose a charlar conmigo mientras me lo comía, tal y como solía hacer cuando yo estaba en el jardín infantil. Me sentí... importante. Pero tampoco podía ponerme a comer todo lo que a mamá se le ocurriera ponerme por delante. Ni siquiera la mitad de lo que me ofrecía. Me dolía el estómago y además, allí estaba esta pequeña vocecita dentro de mí que me advertía que, si empezaba otra vez a comer de todo, pronto toda esta atención que se me estaba prestando se acabaría, así como así.

Y de cualquier modo, ciertamente no estaba dentro de mis planes la idea de volver a subir de peso. Quería llegar a verme exactamente igual a la modelo de la revista... y todavía me faltaba mucho trecho. Todavía ni siquiera estaba tan delgada como las actrices que veía aparecer en la televisión. Todas eran más delgadas que yo, entonces, ¿por qué demonios a ellas nadie las molestaba pidiéndoles que engordaran un poco? No parecía justo.

***

A la noche siguiente, justo después de cenar, golpearon a la puerta. Al abrirla, me topé con Dan.

—Me gustaría hablar contigo, Melany —dijo.

Habló en un tono excesivamente formal, casi como si fuera otra persona. Y no es que estuviera furioso, no era eso, como sí lo había estado el día que se me encaró en el colegio. Le pedí que siguiera a la sala y nos sentamos.

—Melany, he estado leyendo sobre la anorexia —empezó a decir con mucha calma—. Saqué algún material de la biblioteca y he aprendido mucho. Tanto, que sé que no tiene sentido enojarme contigo y limitarme a decirte que debes dejar de comportarte como una estúpida. Sé, por ejemplo, que has llegado a un punto que conocen como *mentalidad de inanición*, etapa en la que ya no puedes pensar con claridad.

—¿De qué estás hablando? —le respondí alterada.

Esta vez fui yo la que me enfurecí con las tonterías que estaba soltando.

—¿Me quieres decir que estoy loca?

—No, no loca —replicó Dan, con la misma calma—. Sin embargo, los artículos que he leído me han explicado muchas cosas: dicen que si llevas mucho tiempo mal nutrido la cabeza deja de funcionar como debe. Empieza a trabajar con una sola pista, por decirlo de algún modo, y no puedes hacer nada al respecto. De manera que lo tuyo no se puede reducir a simple terquedad, tu cuerpo no te permite pensar razonablemente.

—¡Estoy pensando perfectamente bien!

—No, no lo estás haciendo. Estás enferma. Y es probable que te tengan que internar en el hospital.

Con eso, salté de la silla:

—¡Has estado hablando con mamá! —lo acusé—. ¡Ella te metió ese rollo en la cabeza!

—No he hablado con tu mamá. Todo lo he leído en los artículos que te digo. Y es probable que en el hospital intenten un método para modificar tu conducta.

—¿Que intentarán qué? —le dije, alejándome un poco—. ¿Qué es eso? ¿Quieres decir que me harán un lavado de cerebro o algo por el estilo?

—Por supuesto que no. Sólo significa que modificarán tu conducta para que te mejores. Eso sí, parece que a las personas con una anorexia muy severa no les permiten ni siquiera el uso del teléfono ni ver televisión ni oír radio. Quizá les permitan leer algo, pero nada más. Alguna gente simplemente permanece en la cama y se come sus comidas y, cuando empiezan a subir de peso, les van dando acceso a algunos de los privilegios perdidos.

Volví a sentarme, los ojos clavados en el suelo y pensando en lo que Dan acababa de decir. ¿Sería por eso que el doctor Vosch quería hospitalizarme? De ser así, sus planes no lograrían cambiarme. Además, permanecer unos días sola en la cama, en un hospital, no parecía tan grave. Si en eso consistía el tratamiento en el hospital, quizá podía seguir delgada. Ahora, esto en el caso de que el doctor Vosch hubiera hablado en serio.

Y sí parecía haberlo dicho en serio. No estaba amenazando. El martes siguiente mamá me llevó a verlo. Apenas si habló mientras me pesaba y examinó mi presión arterial y me mandó sacar más exámenes de sangre.

Con todo, menos de una semana después, yo era una de las pacientes en el ala infantil del hospital de Lakeshore, acostada en una de esas camas en uno de esos cuartos decorados con papel de colgadura con motivos de payasos.

8. La doctora Leeman

El motivo del papel de colgadura, caras de payasos sonrientes, no tuvo el menor efecto alentador sobre mí. Por el contrario, más bien parecían burlarse de mí con sus tontas y vacuas sonrisas. Y ahora que en realidad estaba aquí metida, tuve miedo.

¿Qué iban a hacer conmigo en el hospital? ¿Acaso me llenarían de tubos intravenosos para alimentarme a la fuerza? Como voluntaria, había visto mucha gente acostada en la cama con dispositivos intravenosos. Pero se trataba de gente realmente enferma. Se notaba que estaban enfermos. Yo no. Yo sólo quería adelgazar. Adelgazar tanto como todas las actrices y modelos de la televisión que todo el mundo tanto admira. Algo había salido muy mal y aún intentaba entender cuál había sido el error, ya que para cuando empecé a bajar un poco de peso, lo primero que ocurrió fue que recibí la admiración y atención que quería recibir. Pero ahora... ahora me iban a robar mi delgadez. La cosa precisa que me hacía sentir especial, querían qui- tármela.

Es más, ni siquiera sabía a ciencia cierta quiénes me querían robar. "Un terapeuta", le había dicho el doctor Vosch a mamá, quienquiera que este fuera. Pues el tal terapeuta bien podía ir y echarse de cabeza al lago. No iba a engordarme para nada ni nadie y por ningún motivo. Ni modo: no, señor.

Alcanzaba a sentir cómo renacía la ira en mí de nuevo. Pero no quería ponerme a llorar, de manera que me levanté de la cama y empecé a ordenar mis cosas en el armario y en la mesita de noche. No era que hubiera mucho que ordenar. Mamá se había encargado de empacarme las cosas: una nueva bata de baño color rosa y unas pantuflas que hacían juego (al menos quería que me viera bien arropada), un par de camisones, la pijama calientica que tenía puesta, cepillo para la cabeza, un espejo de mano, cepillo de dientes, desodorante, jabón, un poco de revistas y libros de bolsillo y una mascota de peluche, supongo que como compañía. Como ven, no era mucho lo que había que ordenar.

Me miré en el espejo de mano. El rostro que me observaba de vuelta no parecía el mío. En este extraño entorno también mi rostro me parecía irreal y extraño. ¿Quién soy yo?, me preguntaba. Soy Melany Burton, ¿pero quién es ella en realidad? En mi propio entorno yo sabía quién era: una niña buena y formal, de pelo castaño que le caía hasta los hombros, que nunca se metía en problemas en el colegio, que se esforzaba por sacar muy buenas calificaciones para que papá y mamá estuvieran contentos. Pensando en todo esto, tuve la impresión de que sólo cuando sacaba buenas calificaciones en verdad sentía que era yo. Quizá porque era la ocasión en la que papá y mamá más atención me prestaban. El resto del tiempo, cuando su atención se centraba en Katy, Katy, Katy, yo sentía que no era gran cosa.

¿Y ahora qué? Ahora que tenía a mamá encima a toda hora, tratando de convencerme y discutiendo, incluso llorando mientras colgaba mi ropa en el armario del hospital, ¿ahora era más yo misma? No lo sabía. Simplemente no lo sabía.

Golpearon a la puerta y dejé el espejo de mano sobre la mesa. Miré en esa dirección preguntándome si quienes venían serían *ellos*. Pero, de pronto, abrí los ojos muy sorprendida al ver que quien cruzaba la puerta no era otra que la señora misterio, aquella de largo cabello negro que había acudido en mi rescate cuando el incidente con el señor Tanner... hacía siglos, al parecer.

Sonrió y me saludó. Pero enseguida abrió también los ojos como un par de platos.

–Pues, bueno… hola, otra vez –repitió–. Te recuerdo. Tú eres la voluntaria que piensa con rapidez.

Asentí con la cabeza, ella acabó de entrar a la habitación y se sentó de manera natural sobre uno de los brazos de una silla grande que había allí. Era tan bajita que uno de los pies le quedó colgando sin alcanzar el suelo y sólo su bata blanca la hacía parecer de edad suficiente como para hacer parte del personal de planta del hospital.

–No me di cuenta de que Melany Burton era alguien que yo ya conocía –dijo con simpatía.

Aunque no me parecía que ella hiciera parte del grupo que he llamado *ellos*, igual seguía sintiendo desconfianza. La miré de frente, sin sonreír y le dije:

–Sí, soy Melany. ¿Pero usted quién es?

–Ah, lo siento –dijo riendo un poco–, olvidé presentarme. Soy la doctora Leeman y tú vas a estar a mi cargo aquí. Mis amigos me dicen Lee, y si así te parece, también tú me puedes llamar así. Espero que nos hagamos amigas.

Digerí sus palabras en silencio. ¿Tratar a una doctora con el diminutivo de *Lee*? No me veía haciendo eso, de manera que fruncí el ceño y le dije:

–Dijo que se encargará de mí. ¿Cómo? ¿Qué significa eso? ¿Acaso encerrarme en esta habitación como si fuera una prisionera que debe ser castigada? Eso es lo que he oído que sucederá.

La doctora Leeman negó con la cabeza.

–No estás encerrada –dijo, todavía con amabilidad–. Puedes caminar por todo el ala infantil si sientes la fuerza para hacerlo. Tu familia te puede visitar o puedes llamarlos y hablar por teléfono con ellos... si quieres. A tus amigos también.

En ese momento dejó de balancear su pie y se inclinó hacia delante para continuar:

–Poniéndote en un hospital como este no pretendemos castigarte. No es ese el motivo. Todo lo que queremos es que vuelvas a comer como Dios manda y hacerlo en un lugar en el que puedas empezar a resolver tus problemas.

Me erguí muy derecha.

–¡Yo no tengo ningún problema! –dije–. Son los demás los que creen que tengo un problema. ¡Todo lo que quiero es ser delgada!

De nuevo la doctora Leeman asintió con la cabeza.

–Sí, lo sé. Sé que quieres ser delgada. Y también sé que temes, que tienes mucho miedo de ser gorda. Pero, como verás, Melany, en este justo momento has perdido tanto peso que tu cerebro no está siendo bien alimentado, está desnutrido en efecto. No puedes pensar con la claridad con la que normalmente lo harías.

Volví a fruncir el ceño. Era exactamente lo mismo que Dan me había dicho y que no le creí. Igual, la doctora Leeman no había terminado:

–En realidad, lo que no alcanzas a comprender, es que estar delgada está bien, pero muy delgada en cambio es peligroso. Así las cosas, por el momento tendrás que confiar en que yo decida qué es lo que te conviene para ayudarte a subir un poco de peso, el suficiente para que puedas volver a pensar con claridad. ¿No has encontrado que, últimamente, te cuesta trabajo concentrarte, por ejemplo, cuando lees o cuando haces tus deberes?

Bajé la mirada y me puse a observar las sábanas. Sí, era cierto, muy cierto lo que decía, pero no se lo iba a admitir por nada del mundo.

La doctora Leeman pareció tomar mi silencio como respuesta afirmativa y quizá en efecto lo fuera.

–Estoy segura de que te gustaría sentir menos molestias, por ejemplo que desapareciera ese incesante dolor de estómago que sientes… sobre todo si logras convencerte de que hacerlo sería sano, ¿no te parece, Melany?

Tampoco contesté a esta pregunta sino que me devolví con una pregunta:

–¿Qué pasaría… qué pasaría si no subo un poco de peso? ¿En ese caso qué?

Ahora la doctora Leeman se puso seria, solemne:

–En ese caso, nos veremos obligados a tenerte en cama y no se te permitiría caminar por ahí ni hacer nada que pueda sobre–estimularte.

–¡Entonces sí sería una prisionera!

–No. No una prisionera. Simplemente una niña con muchos problemas; problemas que no puede resolver por sí sola.

–Pero es que… es que no puedo comer. ¡En verdad no puedo!

–Lo sé –dijo la doctora Leeman en voz baja–. Lo sé. Pero puedo ayudarte. Tenemos que entrenar tu estómago para que aprenda de nuevo a recibir las cantidades normales de comida. Te ayudaré a comer las porciones correctas, poco a poco.

Hizo una pausa, se inclinó hacia delante y mirándome derecho a los ojos agregó:

–No voy a permitir que te engordes, Melany. De eso puedes estar segura.

Sus ojos eran oscuros y honestos, se notaba que iba en serio. Demasiado en serio, tanto que yo bajé la mirada de nuevo. No era fácil pensar bajo su mirada firme, y difícil descifrarla.

Dejó pasar otro rato en silencio y luego prosiguió:

–Sin embargo, Melany, por el momento, sí es muy importante que subas de peso, ahora mismo. No mucho, te lo prometo. Nada que te hiciera gorda, pero suficiente para que podamos empezar a hablar de tus verdaderos problemas.

Levanté la mirada:

–¿Mis verdaderos problemas?

–Sí –dijo, reafirmando con la cabeza–. Esta excesiva disminución de tu peso no es más que un efecto secundario, una cortina de humo. No es lo que en realidad importa.

No entendí para nada qué quería decir con eso y además sentí otra vez que me mareaba. Recosté la cabeza sobre la almohada:

–¡Mi verdadero problema es que la gente no me deja ser delgada! –grité.

Pude sentir que se me venían las lágrimas a los ojos, igual a como ocurría siempre que me hablaban de mi peso. Sin embargo, la doctora Leeman no intentó que dejara de llorar. Me puso una mano en el hombro y me dejó llorar un rato. Luego sacó unos pañuelos de una caja y me secó los ojos con mucha delicadeza.

—Confía en mí, Melany —dijo con suavidad y se marchó.

***

Me recosté de nuevo boca arriba sobre la almohada aferrada a la caja de pañuelos, con las lágrimas aún rodando. Parecía haber tantos motivos para llorar en estos días. Para empezar, por lo mal que me sentía, ya que, tal y como el doctor Vosch había predicho, me sentía físicamente muy molesta casi todo el tiempo. Y con frío. Me cubría hasta los hombros con las cobijas y... y simplemente me sentía muy mal. Esta realidad no se parecía para nada a lo que habían sido mis sueños. En mi fantasía, cuando fuera lo suficientemente delgada, la gente me iba a admirar, tendría mucho éxito y sería feliz. Ciertamente no iba a estar echada en una cama en un hospital, moqueando.

De pronto, escuché afuera, en el corredor, una súbita oleada de ruido, las alegres voces de varias enfermeras hablando las unas con las otras. Pensé que debían ser las tres y media: hora en la que el turno de las enfermeras nocturnas relevaba a las diurnas. Los dos turnos chequeaban las planillas de cada paciente en conjunto y se hablaba sobre cualquier cambio en la condición de los mismos. Como voluntaria, las había visto hacer esto mismo muchísimas veces. Luego, lo sabía, la enfermera del turno nocturno visitaría todas las habitaciones para examinar a cada paciente. En efecto, pocos minutos después, volvió a abrirse mi puerta.

Era una enfermera que yo había visto un par de veces. Me había fijado en ella por su pelo rojo zanahoria y su agradable y alegre carcajada. También ella me reconoció.

—Hola, hola —dijo muy animada—. ¿Te he visto antes, verdad?

—Sí —contesté—, soy… bueno, solía ser voluntaria.

La verdad es que no sabía a ciencia cierta si todavía lo era o si me habrían tachado de la lista.

—¡Claro! Estaba segura de que te había visto antes.

Se acercó a la cama y le echó una mirada al brazalete en donde estaba mi nombre… el engorroso y resistente brazalete plástico que le ponen a todo paciente tan pronto es internado. Y, justo en ese momento, pude ver que su expresión cambió.

—Ah —dijo, ya no con tanto ánimo—, tú eres Melany Burton.

Me imaginé lo que había pasado. Había examinado las plantillas en el *lobby* de enfermeras cuando recibió el turno y había visto el nombre de una tal Melany Burton, pero ahora recordaba otra cosita que se decía en la plantilla: "diagnóstico: anorexia". De allí esa expresión muda que se apoderó de su rostro; la había visto en mamá y en el doctor Vosch. Incluso llegué a notarla en la voz de papá anoche, cuando hablé con él por teléfono a través de los océanos en una comunicación llena de interferencia, cuando dijo:

—Melany, tienes que dejar de ser tan tonta.

Eché la cabeza a un lado y cerré los ojos. Tuve que apretarlos con fuerza para impedir que empezaran a rodar de nuevo mis lágrimas y después de un rato sentí que la enfermera se alejaba. Así permanecí, con los ojos cerrados, hasta que creo que me dormí un rato porque lo siguiente de lo que me acuerdo fue de escuchar el carrito con las comidas avanzando a lo largo del corredor y el traqueteo de las bandejas. Poco después, la enfermera pelirroja entró de nuevo, esta vez con una bandeja en las manos.

Eso era raro. Las bandejas con la comida solían repartirlas los auxiliares de ala, no las enfermeras. La miré y también miré la bandeja. ¿Qué sería la comida?

La enfermera puso la bandeja sobre la mesilla incorporada a la cama y la corrió de manera que quedó frente a mí.

—Aquí tienes tu comida —dijo con brusquedad—. Y debo permanecer aquí para ver que te la comas.

Eso me hizo sentar de un salto.

—¿Verme comer? —le dije.

–Como oyes –dijo ella–. Orden del médico. Asegurarme de que comas.

Sus respuestas fueron tajantes y breves. Le quitó la tapa a la bandeja y luego se sentó en la silla, al lado de la ventana –de manera más bien brusca, haciendo demasiado ruido como para subrayar que tenía mejores cosas que hacer con su tiempo– y, mientras tanto, yo observaba la bandeja que tenía frente a mí. La verdad parecía una comida típica, ni más ni menos que lo normal. El plato principal era un pastel de pollo. Recordé que me solía gustar mucho cuando almorzaba en la cafetería. En realidad, me gustaba toda la comida de allí. Pero ahora tenía al frente una comida entera, mirándome derecho a la cara (sopa, seco, postre, bebida, pan y mantequilla) además de una enfermera vigilándome. ¿Quién podía comer en paz así?

Las lágrimas volvieron a asomarse a mis ojos. "Orden del médico", había dicho la enfermera. ¿Cuál médico, qué doctor? ¿Acaso el doctor Vosch o la doctora... Leeman? En verdad, la misteriosa mujer en su impecable bata blanca me había caído bien aquel día hace milenios. O por lo menos pensé que me caería bien si algún día volvía a verla. Pero resultó ser igual a los demás. También quería verme gorda. No toleraba la idea de que yo fuera más delgada que ella... y más disciplinada. Y más pura.

El silencio en la habitación se hizo pesado mientras yo miraba aquella bandeja. Alcanzaba a sentir los ojos indignados de la enfermera puestos sobre mí.

En medio de ese silencio, recordé las palabras de la doctora Leeman: "Ya hablaremos sobre tus verdaderos problemas", había dicho.

¿Qué quiso decir con eso? ¿Cuáles eran mis verdaderos problemas después de todo?

9. ¿Alguien en quién confiar?

A la mañana siguiente no tuve una enfermera encima cuidando que comiera. Supongo que estaban muy ocupadas durante el turno de la mañana. Sin embargo, sí fue una enfermera la que me trajo el desayuno y no un auxiliar de ala y, claro, me echó otro sermón.

–Debes comer, ¿lo sabes, no? –me dijo.

Era una enfermera bonita, morena y nunca la había visto durante mi tiempo trabajando como voluntaria.

–Si sigues bajando de peso, será necesario mantenerte en cama y tendrás que tomarte todos los líquidos que te ponen en la bandeja, ocho vasos diarios. De lo contrario, te alimentaran por vía intravenosa para evitar que te deshidrates.

No parecía tan furiosa conmigo como la enfermera de la noche anterior, pero tampoco es que fuera la mata de la amabilidad. Simplemente puso la bandeja frente a mí, la destapó y se despidió recordándome que debía tomarme todos los líquidos antes de marcharse, presta.

Observé con displicencia la bandeja. De manera que, como me temía, lo de alimentarlo a uno por vía intravenosa era la amenaza. Bueno, pues definitivamente yo no quería eso, de modo que levanté el jugo y la leche de la bandeja y los puse sobre mi mesa corrediza. Luego, como venía haciendo siempre en los últimos tiempos, me puse a pensar qué iba a comer y qué no y cuánto de cada cosa. Tras pensarlo un buen rato, alcé el plato con una torta de crema de trigo, lo puse sobre la mesita y lo dividí exactamente en dos. Decidí que me comería la mitad de eso. Había un huevo frito y una tostada fría que se veía espantosa y un *muffin* que no estaba mal, así que corté este último en cuatro pedazos y dos de ellos los puse sobre la mesita también. Lo que quedó en la bandeja lo llevé hasta el tocador.

Al tiempo que desplegaba mi servilleta sobre la mesita, puse en perfecto orden simétrico, sobre el plato, lo que me iba a comer e intenté estimar cuántas calorías me iba a echar encima con este desayuno. Curiosamente, no logré recordar bien las tablas de calorías a pesar de que no hacía mucho tiempo me las sabía de memoria. Mientras comía, alcanzaba a oír la algarabía de unos niños afuera, en el corredor. Siempre me había gustado venir a esta ala infantil trabajando como voluntaria... cuando yo le gustaba a las enfermeras también. Pero ahora, la única sonrisa que había recibido fue la que me brindó el auxiliar uniformado de azul que vino a trapear el piso. Y la de la doctora Leeman. Me pareció simpática, pero apuesto a que tampoco le caigo bien.

Me sentía tan sola en esa extraña habitación sin estar rodeada de todas las cosas a las que estaba acostumbrada. ¿Y por qué demonios no lograba acordarme de cuántas calorías tenía un *muffin* de salvado? La doctora Leeman sí había dicho algo sobre mi incapacidad para pensar como Dios manda debido a que había bajado demasiado de peso. Pero eso era ridículo. ¿Qué pasaba entonces con todas esas modelos y actrices que aparecían en la televisión y en las revistas? A mí me parecía que se veían bastante despejadas y lúcidas. Todo me tenía muy confundida. Tan confundida que no veía cómo empezar a salir de mi confusión. Era más fácil permanecer echada en la cama y dormitar y no pensar en nada.

Y en efecto, después de terminar el desayuno, dormí buena parte de la mañana. Y, de nuevo, fue el ruido del carrito de la comida lo que me despertó. Pero esta vez quien entró al abrirse la puerta fue la doctora Leeman. Con dos bandejas, una encima de la otra.

Me senté en la cama.

—¡No puedo comerme dos bandejas! —grité.

—No, no, tranquila —dijo la doctora Leeman con una sonrisa—. Una para ti y la otra para mí. Hoy voy a almorzar contigo.

—Quiere decir que me va observar comer. A espiar, como esa enfermera pelirroja anoche.

La doctora Leeman guardó silencio mientras acomodaba las bandejas por ahí.

—¿Anoche una enfermera te observó mientras comías?

—Pero claro que sí... y dijo que tenía orden del médico.

—Pues no fueron mis órdenes, Melany —replicó—. Y tampoco es eso lo que vengo a hacer ahora. Sólo quiero hacerte compañía. Es más agradable comer acompañado.

No dije nada al respecto. ¿Debía creerle? La doctora Leeman puso una de las bandejas sobre mi mesita corrediza y la destapó.

—Veamos cuál es el menú hoy: sopa —dijo al tiempo que se inclinaba para olerla—, crema de pollo, me parece. Y un sándwich de huevo, ensalada de repollo con zanahoria y mayonesa, fruta, leche y galletas saladas para la sopa.

Señaló cada una de las cosas que fue mencionando y luego agregó:

—¿Y bien, cuánto de todo esto crees que te apetecería comer?

Levanté la mirada, sorprendida. Nunca antes nadie me había pedido esa opinión tratándose de comida.

¿Acaso me podía leer la mente?

—¿Cuánto? —repetí la pregunta, tontamente.

Ella asintió con la cabeza:

—Sí... sé que por ahora es difícil para ti comer mucho. Es probable que te sientas pesada e incómoda después de una comida y por lo tanto debemos ir despacio mientras acostumbramos tu estómago a recibir una cantidad normal de comida. De manera que, dime, ¿cuánto de todo esto te puedes comer tranquila? ¿Medio sándwich está bien?

Miré el sándwich. No estaba muy grueso.

—Eh... supongo que sí —farfullé.

—Y la sopa, ¿podrías con la sopa? Es importante que ingieras líquidos...

—¡Ya lo sé! —la increpé—. ¡De lo contrario me llenan de tubos!

—Espero que no, Melany —dijo la doctora Leeman—. Créeme, en verdad espero que no.

Parecía decirlo en serio, con honestidad. Y me trataba de *Melany* un poco más de la cuenta, como pude ver. ¿Acaso esperaba que yo, de vuelta, la tratara de *Lee*? Porque si eso es lo que esperaba, se iba a quedar con las ganas. Yo simplemente no la trataba de nada.

La doctora Leeman seguía con su rollo:

—Entonces, nos vamos con la sopa, ¿cierto? —dijo con amabilidad, alzándola de la bandeja para colocarla sobre mi mesita, al lado del medio sándwich—. Y la leche también, ¿verdad?

—Supongo que sí.

Al parecer, estaba aceptándole todo. ¿Sería posible que la doctora Leeman estuviera ensayando un truquito nuevo?

—Pero la ensalada de repollo sí no —agregué.

—Bueno —accedió ella de buena gana—, ensalada de repollo, no. Hay que hacer demasiado esfuerzo al masticar. Pero la ensalada de frutas sí debe pasar sin dificultad. ¿La fruta está bien?

Asentí con la cabeza y la doctora Leeman puso la ensalada de frutas sobre la mesita. Acto seguido, llevó lo que quedaba en la bandeja hasta el tocador, tal y como yo había hecho con el desayuno. Sin embargo, lo que hizo enseguida realmente me dejó perpleja. Se acercó y, delante de mis ojos, cortó mi medio sándwich en cuatro pedazos exactos y los puso en orden simétrico sobre el plato, y ese plato lo puso en fila recta alineado con los otros platos para terminar por desplegar la servilleta en su debida posición justo al borde de la mesita… ¡exactamente el mismo tipo de cosa que yo tenía que hacer para poder empezar a comer!

Tal era mi sorpresa que no pude dejar de mirarla. ¿Cómo sabe que yo siempre tengo que hacer eso?, me preguntaba. Pero no dije nada, claro. Una vez terminó y dejó todo en perfecto orden, se giró y me dirigió la mirada.

—Puedes comerte esto sin preocuparte para nada, Melany —dijo—. Sé que, a pesar de lo que la gente diga, tú todavía te sientes muy gorda. Sin embargo, por ahora, y mientras puedes volver a pensar con claridad, tendrás que dejar que yo decida por ti. No dejaré que te engordes, así que puedes comerte lo que tienes en frente sin el menor riesgo. Créeme eso.

Entonces se dirigió a la silla grande, colocó la bandeja sobre su regazo y empezó a comerse su almuerzo. Siguió una conversación alegre mientras almorzaba, pero no volvió a decir una sola palabra sobre comida... sólo habló del trabajo de las voluntarias y del hospital y algunas anécdotas divertidas que le habían ocurrido.

Yo no participé mucho de la conversación; estaba demasiado ocupada pensando cómo hacía la doctora Leeman para saber con tanta frecuencia qué estaba pensando yo. Sobre mi deseo de ordenar los platos, sobre aquello de que me parecía peligroso comer. Me hubiera gustado preguntarle cómo y por qué sabía, pero no quería ser pan comido para ella.

Por otro lado, igual no podía evitar sentir que sería estupendo poder confiar en ella, dejarla que se hiciera cargo y así evitarme tener que tomar las decisiones yo. Si sólo pudiera confiar en ella.

***

Esa noche estrené mi bata de baño y mis pantuflas y fui hasta la salita de estar. Antes de irse, la doctora Leeman me había dicho que podía llamar a casa cuando quisiera y justamente eso fue lo que hice desde el teléfono en la sala.

Sentí un poco de frío allí, de pie. Mi elegante bata nueva no era tan abrigada como la vieja bata acolchada. Mamá contestó casi de inmediato.

–¿Mamá? Soy yo, Melany.

–¡Melany! Dios mío, Melany, ¿cómo estás, todo bien? Hoy mismo pasé a visitarte un poco más temprano, pero estabas durmiendo y no quise despertarte. ¿Cómo... cómo estás?

-Estoy bien.

–¿Estás bien?

-Sí. Pues sí, bien. Mejor dicho, lo que sí te puedo asegurar es que es ridículo que yo esté ocupando una cama del hospital –agregué, lanzándole una indirecta.

Mamá, sin embargo, hizo caso omiso de mi comentario:

–La doctora Leeman nos llamó hoy –dijo, cambiando de tema–. Es muy amable, ¿verdad?

–Mmmm... supongo que sí –dije sacudiendo los hombros como a quien no le importa la cosa, cosa que mamá no pudo ver, por supuesto.

Pero no le iba a dar el gusto de sonar y parecer feliz y entusiasmada con lo que estaban haciendo conmigo, ella, mamá, el doctor Vosch y todos los demás.

Se oyó un *clic* en la línea telefónica, como suena cuando otra persona levanta otro de los teléfonos y oí la voz de papá que dijo:

–¿Melany? ¿Eres tú?

–¡Papá! ¿Ya estás de vuelta en casa?

—Sí, te dije cuando me fui que estaría de regreso el viernes.

—Ah, cierto.

No me había dado cuenta de que ya era viernes. Aquí, en el hospital, uno no se sentía en viernes.

—Llegué un poco más tarde de lo que esperaba —continuó papá—, de lo contrario ya mismo iría a visitarte, lo sabes bien, ¿verdad? No permitiría que unos informes de negocios se interpusieran en mi camino.

—Sí... claro, claro que lo sé —dije, no muy convencida.

—Y también llamaron hoy del colegio, Melany —interrumpió mamá—. Dijeron que pasarías el año bien, que no debes preocuparte por eso.

Volví a sacudirme de hombros. Eso no me preocupaba en absoluto. El colegio y las calificaciones y los informes me parecían estar en otro mundo, muy lejos. Pero papá malinterpretó mi silencio.

—También tú vas a estar muy bien —interrumpió con impaciencia—. Por eso tampoco debes preocuparte. Pero..., pero escucha, Melany, dime una cosa, ¿no pensarás que todo este asunto es culpa mía, verdad? Porque eso es lo que cree tu mamá.

—Pero claro que tienes la culpa, Rob —dijo mamá indignada, antes de que yo pudiera decir nada—. Si no hubieras salido con esa tontería de la gordura de infancia, jamás habría pensado Melany en la cosa, para empezar.

—¡Por supuesto que bien hubiera podido pensar en ello! —replicó papá—. Tú eres la que tienes un cajón lleno de tablas de calorías y la que siempre está haciendo alguna dieta y la que no deja de hablar cada vez que subes un poco de peso.

—¡Y tú el primero en criticarme si subo un poco de peso! Me has dicho cientos de miles de veces lo que piensas de las mujeres que se vuelven gordas y descuidadas.

Mi tembladera por el frío empezó a hacerse cada vez más grave. Y sentí cansancio en las piernas, allí, de pie, al lado del teléfono. Y lo que estaba escuchando sólo contribuía a que me sintiera peor, así que hice algo que nunca antes había hecho: colgué el teléfono. Nunca en la vida le había colgado a nadie. Simplemente puse el auricular sobre el aparato y me fui derecho a mi cama calientica.

10. Louanne

Y que aquello ocurrió definitivamente un viernes por la noche, pude comprobarlo porque el día siguiente fue sábado sin lugar a duda: escuché la voz de Bitsy, afuera, en el corredor, justo después del desayuno. Permanecí acostada, muy quieta y en silencio, rezando porque Bitsy no supiera que yo estaba en el hospital como paciente. Definitivamente no quería que me preguntara qué me estaba pasando y que, si no tenía nada, entonces por qué demonios estaba allí como paciente y toda esa tontería. Por fortuna, su voz se alejó sin que entrara a la habitación. Sin embargo, más tarde, una de las enfermeras vino con una caja... una caja que Bitsy debió haber traído.

–Te dejaron un paquete en la recepción –dijo, al tiempo que me alcanzaba una pequeña caja de zapatos cuidadosamente amarrada con una cuerda.

–¿Un paquete? –pregunté, sorprendida.

El paquete estaba marcado, decía *Melany Burton, habitación 208* escrito con marcador negro. La enfermera seguía al lado de mi cama, esperando. Era una mujer ya canosa, pero no parecía una abuela.

–Ábrelo –dijo con mucha seriedad.

La brusquedad de sus palabras hizo que me sonrojara. De mi parte, yo sabía que las enfermeras debían examinar cualquier paquete que entrara al ala infantil por si acaso venía lleno de galletas o caramelos o cosas por ese estilo. Pero no por eso tenía que hablarme como si fuera un sargento, pensé furiosa para mis adentros.

Empecé a desatar los nudos de la cuerda que amarraba el paquete. Estaban muy apretados y no era fácil. La enfermera, impaciente, se apoyaba ora en une pie ora en el otro.

–Si quieres, yo te quito la cuerda sin necesidad de desamarrar los nudos– se ofreció, pero le dije que no con la cabeza.

Yo siempre he desempacado las cosas con cuidado, incluso los regalos de Navidad, y además, el paquete era mío. Pero para cuando por fin desaté los nudos y levanté la tapa de la caja, fue tal la sorpresa, que me fue casi imposible seguir furiosa. Porque allí dentro estaba, protegida con papel de gasa, la preciosa y negra locomotora a vapor de Dan, aquella que su abuelo le había enviado de Inglaterra, junto con unos segmentos de vía férrea.

Y también venía una nota:

Pensé que quizá esto te ayude a pasar el tiempo. Si empujas la locomotora sobre las vías, verás cómo se mueven los pistones aunque no esté conectada. Dan.

P.D. Espero que estés bien. Tu mamá dice que sí lo estás. No quise decir eso cuando te dije que te veías fea.

Leí la nota dos veces. Comprendí que prestarme su locomotora adorada realmente era un gesto muy generoso de su parte... aunque empujar un tren por un pedazo de ferrocarril no me iba a entretener mucho tiempo. Saqué su locomotora y la puse sobre el tocador, encima de un pedazo de riel. La enfermera, contenta de que el paquete no contenía nada comestible, dirigió su atención sobre la bandeja del desayuno. Yo ya había acabado de comer, pero no habían venido aún a recogerla y entonces vi que la destapaba. Había dejado un poco de tocineta (en realidad no estaba bien crocante y hubiera sido imposible comerme eso) y una tostada fría y dos cuartos de *muffin*, de manera que me preparé para otro sermón.

Sin embargo, ella lo único que hizo fue medio oler la bandeja y agregó:

—Bueno, al menos no te están alimentado por vía intravenosa, como a esa otra.

Terminé de poner la locomotora sobre el riel y levanté la cabeza:

—¿Esa otra? ¿De quién habla?

—Otra anoréxica en este corredor —dijo—. ¿Acaso no lo sabías?

El gusto con el que soltó la palabra anoréxica me sorprendió. Debí poner cara de pocos amigos y pensé: ¡Yo soy yo!, hubiera querido decirle. ¡Yo no soy una mera enfermedad o un rótulo! Pero por supuesto que me callé, la enfermera alzó la bandeja y se fue.

Una vez se fue, sin embargo, el significado de sus palabras empezó a calar. A pesar de mí misma, me llené de curiosidad. ¿Otra persona como yo? ¿En este mismo corredor? ¿Cómo sería esa niña?, me preguntaba. ¿Sería más flaca que yo? Quizá, después de todo la estaban alimentando por vía intravenosa, como había dicho la enfermera. En el fondo, no quería ver a nadie más flaca que yo, pero igual la curiosidad me había picado.

Tras pensarlo y titubear un rato, fui hasta la puerta, la abrí y eché una mirada cautelosa. El corredor estaba lleno de enfermeras corriendo de aquí para allá, había un auxiliar trapeando el suelo y una voluntaria mayor en su blusón rosado... pero no vi a ninguna colega mía a la redonda. De cualquier modo, yo podía salir de mi habitación si así lo deseaba. Me puse con rapidez bata y pantuflas y salí a dar una vuelta por el corredor, como si fuera de paseo. No sabía en qué dirección, a lo largo de "este corredor", habría querido decir la enfermera, pero como la sala de enfermeras estaba ubicada a la izquierda, me dirigí a la derecha, deteniéndome en cada puerta para echar una miradita lo más natural que me fuera posible.

En las primeras dos habitaciones había un par de niños pequeños y en la siguiente estaba colgado un aviso que decía *Bala de oxígeno en uso —Abstenerse de fumar* colgado de la puerta, y en la siguiente había un muchacho más o menos de mi edad. La enfermera canosa, en efecto, no había especificado si el otro era hombre o mujer, pero yo estaba segura de que se trataba de una niña, de manera que continué hasta la última habitación en ese extremo del corredor. La puerta estaba entreabierta y apenas introduje la cabeza vi la bolsa intravenosa colgando de su perchero.

Esta debía ser entonces la famosa habitación. Sin embargo, bajo el umbral de la puerta, titubeé. ¿Podía simplemente entrar, así como así? Di un paso adelante con sumo cuidado y eso bastó para que la niña en la cama levantara los ojos. Nos cruzamos las miradas.

–Eh…, hola –farfullé, dando otro paso adelante.

–Hola –dijo la niña desde la cama.

No se mostró para nada amigable, pero ahora que estaba dentro de la habitación, pude verla con claridad y, a pesar de mí misma, se me abrieron los ojos de par en par ante lo que vi. Se veía horrible.

Sus brazos parecían palitos de fósforo, tenía todo el cuello arrugado, como el de una anciana. Lo mismo era cierto de su cara y la piel era de un color amarillento raro. Y para hacer las cosas peor, el brazo desnudo por el que la alimentaban, estaba cubierto de una pelusa crespa y negra.

Ella no pudo menos que notar mi impresión, pero no pareció molestarse por ello. Permaneció allí con una sonrisa que más parecía una mueca, como esperando a que yo dijera algo más. Entonces, de pronto, la sonrisa se abrió y empezó a hablar.

—¡Oye! —dijo—. No me digas que voy a tener compañía. ¿Tú también eres?

En su tono seguía ausente cualquier rasgo de amabilidad. Parecía más estar burlándose que otra cosa, de manera que no repliqué. Me quedé observándola.

—¿Tú también lo eres, verdad? —repitió la niña con el mismo tono burlón—. Tú también eres anoréxica.

Eso me obligó a hablar:

—No, no soy anoréxica. Soy yo, Melany Burton.

La niña en la cama se sacudió de hombros.

—Vale, como quieras, Melany Burton. Me da igual. Seas o no anoréxica, no estás tan flaca como yo.

Lo dijo con un dejo de satisfacción.

—Yo soy Louanne, de paso. ¿Llevas mucho tiempo aquí?

—No.

—Eso me imaginé. Yo llevo aquí semanas.

—¿Semanas?

136

–Sí. Es más, puede que ya sean meses –agregó, de nuevo con algo de petulancia–. Hace diez días me tienen a punta de intravenosa. Soy un caso clásico de anorexia nerviosa, lo que significa pérdida nerviosa del apetito, pero supongo que todo esto ya lo sabes. De cualquier forma, soy el peor de los casos que atiende la vieja Lee, se lo oí decir a una enfermera. ¿También es tu doctora?

–¿Quién es la vieja Lee?

–Tú sabes, la doctora Leeman.

–Ah, sí, claro.

–Lo sospeché. Sin embargo no estás tan mal como yo. Yo soy un caso clásico, baño cerrado con llave y todo.

–¿Baño cerrado con llave?

Sabía que sonaba como una tonta. Lo único que parecía poder hacer era repetir las palabras que profería esta niña. Traté de poner en orden mi cabeza y le pregunté:

–¿Por qué te cierran el baño con llave?

Me lanzó una mirada de incredulidad:

–Dios mío, para ser anoréxica sabes bien poco, ¿verdad?

–¿Qué me quieres decir?

Esta vez me lanzó una mirada en la que exageraba una enorme paciencia:

–¡Qué inocencia la tuya! Cierran el baño con llave, mi pequeña criatura, para que no pueda vomitar.

–¿Vomitar? ¿Quieres decir que tienes bulimia?

–Correcto, muchachita, y cierran la puerta del baño con llave para que no pueda hacer esto –dijo, metiéndose dos dedos al fondo de la boca–, para vomitar todo lo que me han obligado a comer. ¡La manera perfecta para mantenerse delgada, tontilla!

La observé aterrada. Apenas si podía creer lo que estaba diciendo.

–Pero…, pero si es horrible; asqueroso –dije.

Mis palabras aterradas sólo provocaron otro bufido desde la cama:

–Sabes, eres increíble, inverosímil. La niñita buena en persona.

–¡No soy ninguna niñita buena! –le repliqué airada; esa pullita, con todo y sus ecos que me recordaban a Katy, fue la última gota–. ¡No soy ninguna niñita buena! Simplemente me parece asqueroso, eso es todo.

Y antes de que pudiera decir nada, di media vuelta y salí de la habitación.

Esta vez no tuve que fingir que daba una vuelta por el corredor. Lo único que quería era alejarme de ella y volver a mi habitación. Me despatarré sobre la silla al lado de la ventana y allí permanecí mirando las nubes pasar despacio, pero sin ver en realidad nada.

–No soy como ella –me dije una y otra vez–. No me veo como ella ni me comporto como ella. La razón por la que soy delgada no es más que porque soy más disciplinada que los demás. Soy más fuerte… y más pura. Lo soy. Lo soy.

***

Seguí allí sentada al lado de la ventana toda la mañana, dándole vueltas a mis reflexiones amargas. Antes, cuando me sentía infeliz, siempre podía refugiarme en la lectura de algún libro, de manera que agarré uno de los que mamá me había traído y traté de sumergirme en su lectura, pero no pude. De alguna manera, concentrarme en las letras impresas me quedó grande. Así que me quedé mirando las nubes.

Cuando por fin escuché el ruido del carrito con los almuerzos por el corredor, me alegré de que la mañana hubiera llegado a su fin. Me pregunté si la doctora Leeman almorzaría otra vez conmigo y más o menos deseé que así fuera. Sin embargo, pocos minutos después, apareció un auxiliar con mi bandeja... ni siquiera ameritaba una enfermera. Entonces recordé que era sábado y que durante los fines de semana siempre había escasez de enfermeras. Y además, los médicos tienen también derecho a tomarse los fines de semana, de manera que muy probablemente no vería a la doctora Leeman de nuevo sino hasta el lunes.

El plato principal en mi bandeja era lasaña. Cuando destapé la bandeja me encantó el olor. Me recordó los días de voluntaria, en particular un día en el que la lasaña de la cafetería me había olido exactamente así y que sin embargo me obligué a comer, por todo almuerzo, una esmirriada ensalada. Acerqué la nariz al plato y aspiré profundo, dejando entrar bien adentro el delicioso aroma. Y estando en eso, recordé el tono socarrón de Louanne. Casi la podía oír contándome que anorexia nerviosa significaba pérdida nerviosa del apetito, y ahora me parecía todo aun más socarrón. Si eso es lo que el término anorexia significaba, pues la cosa resultaba doblemente estúpida. Eso quería decir que los médicos ni siquiera sabían cómo llamar las cosas por su nombre. ¡Yo no había perdido el apetito! Simplemente ejercitaba mi fuerza de voluntad. El apetito todavía estaba allí. Si me lo permitía, bien podía empacarme toda esta lasaña en menos de cinco minutos. Acerqué la cara de nuevo a la lasaña y la volví a oler con gusto.

Y entonces, mientras estaba en ello, el resto de cosas que Louanne me había dicho volvió a mi cabeza. Todo aquello sobre comerse lo que la obligaban a comer y cómo sacarlo de vuelta. Es más, recordé con precisión cada una de sus palabras tal y como lo había expresado: "la manera perfecta para mantenerse delgada".

11. Un ataque de ira

Recordando sus palabras y la horrible manera como se llevó los dedos a la garganta, sentí que me estremecía. Mi estómago es de los que pocas veces se indispone hasta el punto en el que hay que vomitar. Es más, la única vez que recuerdo haber vomitado fue una vez en la que sufrí una infección intestinal. Y no me gustó para nada sentir el estómago revuelto de esa manera. Sentí, literalmente, que el estómago me daba vueltas. Una sensación horrible, aquella de sentir que las propias entrañas se salen de control.

Pero igual, horrible o no la sensación, la verdad es que tuve que admitir que la solución de Louanne tenía su elegancia. Con ella podría tener a todo el mundo contento: a las enfermeras, a la doctora Leeman y a mamá y a papá, ya que me estaría comiendo la bandeja entera y a la vez también yo estaría contenta porque no me iba a engordar.

Olí la lasaña una vez más. ¿Debía hacerlo? ¿Podría hacerlo? En realidad no lo sabía. Levanté el plato y, aún indecisa, me acerqué a la silla y me senté con el plato en mi regazo. Y ataqué la lasaña con el tenedor.

Pude tragar sin ninguna dificultad y me supo bien, además. Volví a llenar el tenedor, sin siquiera preocuparme por dividir en cuatro porciones la ración, como comprendí en retrospectiva. Y estaba comiendo sin seguir ningún patrón. Sólo comía. Empecé a sentir algo raro en mi estómago, supongo que porque hacía mucho tiempo no le entraba tanto sólido a la vez. Creo que incluso hasta medio me dolió. Pero me dije que el dolor no duraría mucho. Acabé íntegro el plato rápidamente y me tomé además la leche y el jugo.

Y entonces empecé a preguntarme cuánto tiempo debía esperar antes de… ¿antes de hacer cualquier cosa? ¿Debía hacerlo ahí mismo, inmediatamente? ¿O debía esperar un poco? No tenía ni idea… y con seguridad no se lo podría preguntar a Louanne.

Fui hasta la puerta y me detuve a escuchar. El corredor estaba en silencio. Como era la hora de almuerzo, la mitad del turno de enfermeras estaría abajo, en la cafetería, de manera que era muy buen momento para... para hacerlo.

Me metí en el baño y cerré la puerta con cuidado. El baño no era más que un pequeño habitáculo casi desnudo excepto por mi cepillo de dientes, la crema dental y el jabón aromático que mamá me había empacado. Evité mirarme en el espejo; por alguna razón no quería verme en ese momento. Y luego me pregunté cómo demonios iba a proceder después de todo. Louanne se había metido los dedos al fondo de la boca. ¿Sería esa la manera? Supuse que sí, que así debía ser; igual, no conocía ni se me ocurría otra.

Más bien con timidez, me arrodillé al lado de la taza del excusado. Luego, tomé aire y me llevé los dedos al fondo de la garganta. Al principio, no ocurrió nada. Repetí la acción, esta vez hundiendo más los dedos y entonces sentí aquella horrible sensación de desgarramiento cuando el estómago se retuerce con náusea y vomité todo lo que había comido. Fue tan horrible como lo recordaba. Quedé temblorosa, casi no pude levantarme de mi posición de rodillas y por supuesto estaba perfectamente consciente del olor amargo que ahora llenaba el pequeño habitáculo.

Poco después me di cuenta de una cosa más. Algo mucho más grave. De pronto, todavía de rodillas ahí, al lado de la taza del excusado, se abrió la puerta del baño. Y allí estaba, ni más ni menos, que la doctora Leeman, de pie, observándome con una expresión de profunda tristeza en los ojos.

Me paralicé en la posición en la que estaba, de rodillas. ¡No, no, no!, exclamaba por dentro en silencio al tiempo que giré la cabeza para no verla y me puse a esperar el furioso regaño que con seguridad se me venía encima… furioso regaño que con toda razón me merecía.

Pero no se profirió palabra alguna, de regaño o de cualquier otra índole. Sólo se hizo el silencio en aquella pequeña habitación desnuda y maloliente al tiempo que me reclinaba contra la pared a mi costado. Luego, tras una pausa muy larga, la doctora Leeman habló.

—¿Es esta la primera vez que lo haces, Melany? —preguntó en voz muy baja.

Con los ojos cerrados y recostada contra la pared asentí con la cabeza.

—¿Por casualidad conociste a Louanne?

A pesar de mi debilidad, levanté la mirada, sorprendida. ¿Cómo pudo adivinarlo? Sin embargo, aparté la mirada con la misma rapidez que la había levantado. No podía enfrentarme a sus ojos tristes. Me sentía tan… tan sucia.

La voz pausada y silenciosa de la doctora Leeman continuó:

—Ese es uno de los riesgos que corremos cuando internamos a una paciente en las primeras etapas, como tú: que conozcan un caso en verdad severo y entonces empeoren. Pero Melany —dijo, dando un paso en mi dirección—, provocarte un vómito, en particular ahora que tu corazón está débil porque no estás bien nutrida, es peligroso. Muy peligroso. Puedes morir en el intento.

Hizo una pausa y el silencio se apoderó de nuevo del baño. Luego, continuó:

–Confía en mí, Melany. Si comes lo que te receto volverás a estar sana y no te engordarás. No permitiré que te engordes. Confía en mí.

Estiró el brazo y me tocó en el hombro con la mano. Su tacto me recorrió todo el cuerpo, como si toda mi piel estuviera herida y expuesta. Como si todas mis emociones también estuvieran heridas y expuestas, todas esas emociones que por lo general tenía bien escondidas dentro de mí. Ahora todos esos sentimientos y emociones empezaron a brotar: vergüenza, decepción, miedo... pero sobre todo, furia, ira. Ira porque nada salía nunca como se suponía que debía salir.

Me sacudí su mano de encima, me puse de pie y salí casi dándole un empellón para volver a la habitación. La bandeja de mi almuerzo seguía sobre la mesita, la cubierta plástica patas arriba al lado, y el plato de la lasaña desocupado en el lugar en donde yo lo había dejado. La vista de ese plato multiplicó mi ira y, sin pensarlo, agarré la tapa de la bandeja y la arrojé contra la pared.

Esta golpeó la pared y cayó al suelo con resonante estrépito. Eso debió bastar para que yo entrara en razón, del susto... nunca antes había arrojado nada contra una pared, esa era la especialidad de Katy, no la mía, la buena y formalita Melany.

Pero lo que ocurrió, en cambio, fue que el ruido sólo aumentó mi furia y entonces hice lo mismo con el vaso de leche vacío. No me importaba cuánta bulla estuviera haciendo; no era bulla suficiente para mí.

–¡La odio! –grité, sin saber muy bien ni a quién le gritaba–. ¡Odio a todo el mundo! Odio a Katy y a Valery y su estúpido casillero y todos los estúpidos de sus amigos y amigas que la rodean y odio los hospitales y las enfermeras y los médicos. ¡Nunca me sale nada bien! ¡Jamás me ha salido nada bien!

Agarré el plato, lo unté de salsa de tomate y también lo arrojé.

Pero el plato de la lasaña no golpeó contra la pared. Era más pesado que la tapa plástica de la bandeja y salió volando hacia la izquierda. En vez de dar contra el muro, dio contra el espejo y cayó sobre el tocador.

Y tumbó al suelo la preciosa locomotora negra de Dan.

***

Eso le puso fin a mi estallido. Quedé clavada al suelo, llena de terror. No podía haber ocurrido lo que ocurrió. La preciosa locomotora a vapor de Dan, la favorita entre todos sus trenes, que tan generosamente me había enviado.

–¡Nooo, Dios mío, noo! –gemí.

Me tapé la cara con las manos y me senté sobre la cama. Todo esto era tan horrible que ni siquiera podía llorar.

146

—¡Ay, no! —volví a gemir—. ¿Qué he hecho? ¿Dios mío, qué he hecho?

Oí que crujió la cama y sentí que la doctora Leeman se sentó a mi lado. Luego escuché su suave y pausada voz:

—Haz hecho muy bien, Melany —dijo.

Me tomó un rato registrar las palabras que acababa de oír. Cuando lo hice, levanté de un golpe la cabeza.

—¿Bien? —chillé con voz estridente—. ¿Qué quiere decir por bien? ¡Acabo de destrozar la locomotora de Dan!

—Es posible reemplazar el modelo de una locomotora —dijo la doctora Leeman.

—¡Esta no! Se la enviaron especialmente desde Inglaterra.

—En ese caso se puede arreglar —dijo, todavía muy tranquila y calmada—. Lo importante es que acabas de hacer algo que casi nunca haces. Tenías ira... y uno debe dejar salir la ira, hacerle saber a los demás que se tiene ira, en vez de esconderla. Es bueno dejarla salir, con honestidad. Eso es bueno.

—¿Quiere decir que es bueno arrojar las cosas? —grité, señalando con el brazo los trastos desparramadas por el suelo—. ¿Es eso lo que quiere decir? ¡Debe estar loca!

—Pues... —empezó a decir la doctora Leeman encogiendo los hombros de manera compungida—, arrojar platos no es precisamente la mejor manera de expresar nuestra ira, lo admito. Pero la ira en sí misma, sentirla, eso es perfectamente normal y correcto. Todo el mundo se pone furioso de vez en cuando. Y es bueno mostrar esos sentimientos y dejarlos salir en vez de esconderlos y embutirlos por allá en el fondo del corazón.

La observaba tras una cortina de lágrimas.

—No es eso lo que opina mamá —le dije—. A ella no le gusta que uno grite o maldiga o nada. Dice que no es bonito.

—Quizá no sea bonito, pero sí es humano. Y los seres humanos no somos perfectos. Nadie lo es. Y creo que tú pretendes serlo.

—¿Qué tiene de malo tratar de ser perfecto? —le pregunté.

—Que nadie es perfecto, eso es todo.

—¡Pero no puede hacer daño intentarlo!

—Sí que puede hacerlo... cuando..., si la persona no lo logra, termina pensando que no es buena.

Me miró pensativa un rato y luego continuó:

—Dime una cosa, Melany, ¿qué es lo que quieres? ¿Qué esperas de ti misma?

La volví a observar:

—¿Que qué quisiera?

—Sí, pero piénsalo un rato.

Le quité la mirada de encima y recorrí con los ojos la loza tirada por el suelo, la locomotora rota de Dan y por último me detuve en la puerta abierta del baño. Me pareció que todavía se alcanzaba a oler el olor amargo saliendo de ese pequeño espacio. Cerré los ojos y dije:

—En este momento, sólo quisiera morir.

–No –replicó la doctora Leeman–. No creo que
eso sea lo que quieres. Lo que pasa es que en este
momento estás madurando por dentro y eso siempre
es un proceso doloroso. Crece, madura un poco más
y pregúntate: ¿qué es lo que quiero?

Evité mirarla y seguí con los ojos agachados,
mirando el suelo. ¿Qué pregunta tan tonta era esa?
Quería miles de cosas: que me quisieran los chicos y
chicas en el colegio, que me admiraran y ser muy
popular entre ellos; quería sentirme bonita; que
mamá se preocupara tanto de mí como de Katy; que
papá me dijera que era maravillosa aunque no sacará
la mejor nota en un examen. Había miles y miles de
cosas que quisiera, pero no iba a ir por el mundo
diciéndoselas a nadie. Es que no me imaginaba
contándoselas ni siquiera a mi mejor amiga... si es
que la tuviera.

La doctora Leeman esperó a que yo hablara guardando silencio, pero al ver que el silencio
se prolongaba, habló sin perder para nada su
amabilidad:

–Es muy difícil mirar dentro de uno en estas
circunstancias –dijo–. Lo sé muy bien. Y todavía más
difícil contarle a alguien las emociones que se están
sintiendo allá dentro. Sin embargo, ya me has dicho
algunas de las cosas que no te gustan, que odias a
Katy, por ejemplo, dijiste. Es tu hermana, ¿verdad?

Asentí con la cabeza y me quedé esperando el
sermón de rigor sobre cómo dos hermanas deben
quererse. Pero no lo soltó. De alguna manera, la

doctora Leeman nunca parecía decir lo que yo esperaba. En este momento, ella procedió a aceptar la cosa con alegría.

–Mira, eso es perfectamente normal –dijo–. Muchísima gente siente que odia a sus hermanos o hermanas. Con frecuencia porque le parece que sus padres son injustos, que tienen sus preferidos.

–¡Pues mis papás sí tienen su preferida! –exclamé–. ¡Son injustos! Katy es la que recibe toda la atención del mundo y siempre se sale con la suya. Dígamelo a mí, que la he visto arrojar todo tipo de cosas por ahí –señalé con los brazos la loza por el suelo –y ni siquiera la regañan. Mamá simplemente se le acerca, la toma de la mano y empieza a hablarle en un intento por tranquilizarla… luego, cuando vuelve a mí, todo lo que hace es decirme, "hola, Melany". Eso es todo lo que yo recibo.

La doctora Leeman asentía con comprensión. Alcanzaba a sentir su mirada esperando a que yo continuara. Pero yo no estaba acostumbrada a desbordarme contando mis sentimientos, así como así, de manera que callé, avergonzada de lo mucho que ya había dicho. ¿Qué diría mamá si pudiera oírme?

Se hizo otra pausa larga, en silencio. Entonces, la doctora me preguntó:

–¿Quién es Valery?

–¿Valery?

–La Valery que dijiste que odiabas.

–Ah, sólo una compañera del colegio –refunfuñé.

–¿Y qué pasa con su casillero? ¿Por qué odias el casillero?

Fruncí el ceño y bajé la mirada. Ese episodio le iba a sonar espectacularmente ridículo a un adulto.

–Ah, no, pues nada. Es una historia más bien larga.

–No importa –dijo ella–. Me gusta escuchar historias largas.

Pues, resulta que... –volví a fruncir el ceño, pero ya no parecía haber más remedio que contarle, de manera que me lancé–: Pues resulta que... mire, Valery es una niña bonita, así que tiene muchos amigos y amigas. Y en el colegio tenemos la costumbre de que cuando alguien cumple años, al llegar al colegio uno se encuentra con que el casillero lo han decorado con serpentinas y afiches y cosas. Lo hacen los amigos de la persona para darle una sorpresa al festejado... es decir, si la persona tiene amigos, claro.

–¿Y no decoraron tu casillero el día de tu cumpleaños? ¿Tus amigos no lo hicieron?

–No tengo amigos –contesté.

–¿Ni uno solo?

–Bueno, está Rhona. Pero no es una verdadera amiga... es más, ni siquiera me cae muy bien. Y además, Rhona considera que eso de decorar los casilleros es ridículo.

–¿Y qué pasa con Dan? ¿El que te trajo la locomotora a vapor? También él debe ser tu amigo.

–Ah..., pues, sí. ¡Pero aclaro que no es mi novio! –agregué, algo furiosa para prevenir los comentarios usuales–. Es sólo un amigo.

—Por supuesto —aceptó la doctora Leeman—. Y un amigo muy querido. Es obvio que se preocupa por tu bienestar… entonces, ¿por qué no le pediste a él, y a Rhona también, que te hubiera gustado que decoraran tu casillero el día de tu cumpleaños?

—¿Pedirles eso? Se supone que uno eso no se lo pide a nadie. Los amigos de uno lo hacen porque sí, eso es todo.

La doctora Leeman arrugó el ceño, pensativa.

—Melany, uno no puede esperar que la gente adivine lo que pensamos. Estoy segura de que incluso Valery soltó sus indirectas entre sus amigos respecto a lo que quería y esperaba.

Hizo una pausa, como para darme tiempo para pensar en ello, y luego continuó:

—Mira, si no estás recibiendo lo que esperas de la gente que te rodea, algunas veces será necesario que te atrevas a decirlo en voz alta y pedirlo. Tienes que hacerle saber a la gente lo que quieres. Dan parece ser un buen amigo… es probable que él estuviera perfectamente dispuesto a hacer algo por el estilo, y lo haría por ti.

Observé la pequeña locomotora caída de lado sobre el suelo. Pude ver que le hacía falta una de las pequeñas ruedas y que las bielas de los pistones se disparaban en ángulos extraños. No, ya no lo haría, ahora ya no, pensé con tristeza. Ahora me iba a odiar. Sólo tenía un verdadero buen amigo, y lo había perdido.

12. Un descubrimiento sorprendente

Antes de salir, la doctora Leeman recogió la triste locomotora rota e incluso encontró la pequeña rueda perdida. Puse ambas cosas con mucho cuidado sobre mi camisón de dormir de muda, en un cajón del tocador donde no las viera nadie. Pero, a pesar de haberlas escondido, no pude dejar de pensar, adolorida, qué iba a decir Dan al respecto. Y preguntándome, también, si no demoraría mucho en venir una enfermera a cerrar con seguro la puerta del baño, tal y como habían hecho con el de Louanne.

Con todo, transcurrió el día y mi baño permaneció abierto. Y cuando, a las tres y media hubo cambio de turno, la enfermera nocturna vino a chequearme y no dijo una sola palabra respecto a mis espantosos esfuerzos a la hora de almuerzo. ¿Quizá la doctora Leeman no se lo había dicho a nadie?, me pregunté. ¿Acaso en verdad confiaba en que yo no lo intentaría... de... nuevo? Yo sabía que no lo haría. Me sentí horrible, fue algo muy burdo. ¿Pero cómo podía ella saberlo? Quizá, quizá pensó que si ella confiaba en mí, entonces quizá, yo confiaría en ella.

El resto de aquella tarde el ala estuvo muy tranquila. Mamá y papá pasaron un rato antes de la comida y luego ya nadie más se acercó a mi habitación. Incluso el incansable altavoz se oyó pocas veces. Lo alcancé a oír un par de veces solicitando al mismo par de médicos... probablemente unos jovencitos a los que les encartaron el turno de fin de semana.

Con tanto silencio y calma, tuve mucho tiempo para pensar en lo que la doctora Leeman me había dicho. Todo aquello sobre dejar ver mis sentimientos de ira en vez de esconderlos por allá dentro como solía hacer. Con frecuencia sentía ira. Pero siempre creí que ponerme furiosa era malo. Nadie me había dicho nunca antes que sentir furia era legítimo. Y con seguridad jamás me dijo nadie que era perfectamente válido mostrar mi ira y hacerle saber a otros que yo estaba furiosa. No podía imaginar a mamá aceptando semejante idea. Y a mí, personalmente, no me gustaba nada cuando Katy se ponía furiosa y empezaba a dar alaridos y a tirar las puertas, de manera que, con seguridad, la otra gente no se iba a alegrar cuando yo me pusiera a hacerlo. Y yo quería que la gente me quisiera, quería caerle bien a la gente.

Y estaba aquello otro que la doctora Leeman había mencionado, lo de hacerle saber a la gente lo que yo quería. Tampoco podía imaginarme haciendo eso. Me sentiría como una tonta. Cómo podía acercarme a papá y decirle, por ejemplo, "Papá, quiero que me digas que soy una hija maravillosa y que estás muy orgulloso de mí". O a mamá: "Quiero que te sientes y me escuches con cuidado mientras te cuento cómo me fue hoy en el colegio y quiero que muestres mucho interés".

No podría hacerlo. Nadie podría hacerlo. Y con seguridad no me iba a ir a donde Dan o Rhona para decirles: "Oigan una cosa, ¿por qué no decoran mi casillero para mañana por la mañana?". Nadie hace eso.

La doctora Leeman simplemente no entendía. Los adultos nunca entienden.

***

El domingo empezó tan tranquilo como el sábado en la noche. Cuando el auxiliar vino con mi bandeja de desayuno, pensé que sería el único rostro que vería en toda la mañana. De manera que me sorprendió mucho cuando, justo mientras destapaba la bandeja, vi entrar a la doctora Leeman.

–Oh, ah… hola –le dije, con la tapa en la mano detenida en el aire.

Me descorazoné un poco, ¿habría venido porque de ahora en adelante se iba a encargar de supervisarme durante todas las comidas? Después de todo, tal vez no confiaba tanto en mí.

—Eh, no… no sabía que viniera al hospital los domingos —le dije sin mucha convicción.

—No suelo hacerlo, por lo menos no tan temprano —admitió ella—. Pero estuve aquí casi toda la noche. Uno de mis pacientes se puso muy grave. Así que, ya que estaba aquí, se me ocurrió visitarte.

La doctora Leeman no tenía puesta su bata blanca. Venía de *jeans* y un suéter amplio de lana, lo que la hacía ver más joven que nunca. Excepto por la cara, que parecía vieja, cansada. Esperé en silencio, preguntándome si me haría preguntas respecto a la comida de anoche. Pero lo que hizo, en vez, fue dirigir su atención sobre mi bandeja con el desayuno.

—Te trajeron café —comentó—. ¿Te gusta el café?

—No. Y no lo pedí.

—Bueno, supongo que el equipo de cocina del fin de semana confundió tu menú.

Volvió a mirar la taza tapada del café.

—En ese caso, ¿te molesta si me lo tomo yo? A mí me caería de perlas.

—Adelante —le dije, acercándole la taza—. Yo no lo quiero.

—Gracias.

Destapó la taza y se echó un buen sorbo, con gusto. Luego volvió sobre mi bandeja:

—Esta mañana tenemos entonces: huevos revueltos, *muffin* de agraz y tostadas. Y cereal caliente —agregó destapando la tapa del tazón—. Avena. De este desayuno, ¿cuánto crees que te puedes comer, Melany?

Hablaba en su usual tono tranquilo, amable y puntual. Pero a pesar de todo, yo seguí sintiendo un poco de desconfianza. Y vergüenza, también, así que fui brusca para ocultar mi vergüenza.

—Nada de avena. ¡Qué asco!

—Muy bien. Pero la leche y el jugo, quedan —dijo, al tiempo que ponía la bandeja sobre mi mesita móvil—. ¿Y qué dices respecto a los huevos?

—No enteros, no todo. Es mucho.

—¿Tanto así, te parece bien? —dijo y procedió a cortar el montón de huevos revueltos en dos pedazos, haciendo a un lado la mitad.

—Sí, así está bien —le dije con poco entusiasmo—. Y ya que el *muffin* está pequeño, me comeré eso también. ¡Pero nada de mantequilla y mermelada!

—Muy bien.

Esperé para ver si le daba por ordenar mi comida sobre la mesita móvil. Y lo hizo. Platos y tazas en su orden, *muffin* cortado con precisión, hasta el montón de huevos revueltos convertido en un círculo perfecto. Lo que sobró lo arregló para ella en la bandeja, aunque con menos remilgo.

—Me comeré lo que tú no quieres —dijo sonriente y se llevó la bandeja hasta la silla grande.

Se tomó otro buen sorbo de café y entonces notó que yo no comía sino que la miraba.

–¿No está distribuida la comida como a ti te gusta? –preguntó.

Bajé la mirada para observar la mesita móvil.

–Eh, no… así está bien –dije y arreglé un poco más derecho el recipiente con la leche–. ¿Sabe una cosa?…, pues, mire, yo siempre tengo que ordenar todo para poder empezar a comer.

La doctora Leeman asintió con la cabeza.

–De acuerdo. Se siente uno más seguro comiendo así, ¿verdad? Lo entiendo.

Pero ese comentario no explicaba lo que en verdad me confundía. ¿Por qué sabía ella eso? ¿Y por qué sabía que a mí me daba susto comer? Permanecí así, sentada, intrigada y ella enarcó las cejas como preguntándome qué ocurría.

–Eh, pues… es que hace tiempo que no me como un *muffin* entero, como este –dije, en un intento por explicar mi vacilación.

–Ah, ya veo –dijo ella, de nuevo asintiendo con la cabeza–. Sí, eso te debe producir miedo. Y hay otra cosa que puede llegar a perturbarte algo, Melany: apenas comiences a comer un poco más, es probable que notes que tu barriga se pronuncia un tanto después de cada comida. No dejes que eso te preocupe, no significa que te estés engordando. Ocurre simplemente porque toda tu región pélvica ahora está muy delgada. Así que no te asustes. Yo no dejaré que te engordes.

Sonrió de nuevo y se volcó sobre su bandeja. Había medio torcido la silla de manera que no podía verme.

–¡Qué belleza de nubes! –comentó, mirando por la ventana–. Amontonadas así, casi parece que uno pudiera acostarse a dormir en ellas. Alguna vez vi una película de Walt Disney en la que unos pequeños querubines hacían justamente eso. Se llamaba *Fantasía*, ¿la viste?

No contesté. Estaba demasiado concentrada en masticar pedazos muy pequeños de mi desayuno... un bocado de huevos revueltos y luego otro de *muffin*.

Igual, la doctora Leeman siguió hablando:

–Y esa nube de allá parece un monte de crema batida. Me encanta la crema batida, ¿a ti? ¡Especialmente en una torta de fresa!

Esta vez, dejé de comer.

–Pues, la verdad, no. Me gustan más las tortas comunes y corrientes. Con glaseado –agregué, al recordar mi torta de cumpleaños que apenas si probé; alcanzaba todavía a verla–. Torta blanca, de las que venden en las pastelerías, con orlas de glaseado en los bordes y con rosas de azúcar en las esquinas...

En ese punto, me interrumpí. Debe parecerle muy raro, pensé, que yo esté aquí, hospitalizada por no comer, y ahora me suelto con un chorro sobre tortas ricas, pesadas y engordadoras.

Sin embargo, la doctora Leeman asentía con la cabeza como si estuviera de acuerdo con todo lo que yo decía.

–¿Glaseado rosado para las rosas? –preguntó.

–Rosa y amarillo.

–¿Y en la mitad *Feliz cumpleaños* escrito en rosado también?

–No, en verde, para que haga juego con las hojas verdes de las rosas.

–Ajá –dijo ella, inclinando un poco la cabeza a un lado como si también ella casi pudiera ver la torta.

Levanté una cucharadita de huevo y me detuve, bajándola de nuevo al plato.

–¿No le parece más bien raro… quiero decir, que yo esté pensando tanto en comida? A pesar de que yo…

No terminé la frase.

–No, para nada raro –contestó con mucha seguridad–. Tienes que pensar en algo durante todo el día, tu mente no puede estar todo el tiempo en blanco. Y pensar en comida, comidas que ya comiste o comidas que te gustaría comer o cómo preparar algo que quisieras comer… pues es agradable y fácil. Por lo menos, mucho más agradable que preocuparse por cómo tener éxito y ser muy popular o cómo lograr que la gente nos preste atención.

Puso su cubierto sobre la bandeja y me miró muy seria:

–Y también es más fácil hablar sobre comida que hacerlo sobre todos esos otros temas. Es difícil, muy difícil, abrirse y hablar sobre lo que realmente nos preocupa por dentro.

Hizo una pausa y ahora su mirada se hizo más dulce.

–Podría adivinar un par de las cosas que en realidad te preocupan. Por ejemplo, pasas mucho tiempo sintiendo miedo, pero no sabes exactamente miedo de qué. Y por lo tanto, arreglar tus cosas de tal y cual manera –dijo señalando toda la habitación– te hace sentir un poco más segura. ¿Estoy en lo cierto?

No dejé que se me viera en la cara, pero mi curiosidad aumentó. ¿Cómo hacía para conocer tan bien mis sentimientos? Con seguridad yo no se los había contado. Permanecí allí sentada y ella siguió con su rollo:

–Todo el mundo tiene su manera de encontrar cómo sentirse más seguro. A mucha gente la religión le basta. O el dinero. Para ti, en este momento de tu vida, ser delgada es lo que te da seguridad. Y además, de ñapa, ser delgada, el hecho de estar tan delgada como ahora estás, te ha permitido ver que llamas más la atención que nunca antes y eso también te gusta, te hace sentir bien.

A estas alturas mi curiosidad fue más grande que yo. Tenía que preguntárselo:

–Doctora Leeman, eh…, ¿cómo dijera… cómo…?

Me detuve. Ella permaneció sentada, inmóvil, esperando que yo continuara. Como la pausa se hizo muy larga ella habló en voz baja:

–Quizá si me trataras de *Lee* te sería más fácil hablar –sugirió.

Fruncí el ceño y observé mi plato. No veía cómo podían cambiar las cosas llamándola *Lee*. Tomé aire e intenté de nuevo:

–¿Cómo sabe usted? –se me salió–. ¿Cómo hace usted para saber exactamente qué siento yo sobre…

Dorothy Joan Harris

sobre tantas cosas? Sobre mis miedos y las cosas que me dan seguridad y...

Me detuve de nuevo, pero esta vez la pausa no fue larga.

–Porque, Melany –dijo ella en voz muy baja–, yo también sufrí de anorexia alguna vez.

–¿Usted? –pregunté ahora con los ojos abiertos de par en par–. ¿Usted?

–Sí, yo. Cuando me fui de casa para entrar a la universidad. He pasado por lo que tu estás pasando, Melany. Por eso mismo puedes confiar en mí, ¿lo ves?

162

13. ¡Gorda otra vez!

No podía creer lo que había oído. Me quedé mirándola boquiabierta.

Y, sin embargo, entre más lo pensaba, mejor entendía que bien podía creerlo. Sabiendo eso, todo cuadraba. Con razón ella sabía, con tanta frecuencia, exactamente, lo que yo estaba sintiendo.

Todo el asunto era más bien abrumador. Y la doctora Leeman debió sentir lo mismo porque tampoco musitó palabra mientras yo la miraba con la boca abierta de par en par. Intenté imaginarla muy delgada. ¿Habría llegado a verse tan espantosa como Louanne?, me pregunté. ¿Alguna vez la hospitalizaron? ¿Y... cómo sería su familia?

Tantas preguntas me daban vueltas en la cabeza. Pero la primera que se me salió, quizá le pareció tonta a ella.

—¿Tuvo gordura de infancia? —le pregunté.

Pero la doctora Leeman no la trató como si fuera un pregunta tonta.

—Supongo que sí —me dijo—. Pero mi gran problema era con la cara. Como ves, la tengo muy redonda... —se giró para que yo pudiera verla de frente—... de manera que siempre fui una niñita regordeta. Supongo que todavía eso es cierto.

—No me parece —dije.

La doctora Leeman sonrió con pesar.

—Bueno, pues ya no me preocupa. Desde muy pequeña me apodaron *Gordis*. Pero cuando crecí y entré al bachillerato, empecé a odiar ese apodo. Y cuando entré a la universidad me juré que jamás me volverían a llamar *Gordis* en la vida.

Dejó ver otra vez esa especie de sonrisa y continuó:

—Pasaba tanto tiempo chupando las mejillas para verme menos rechonchita que me hice llagas en la boca. Y es muy difícil hablar con la gente y hacer amigos si uno está ocupado todo el tiempo en chupar las mejillas...

De pronto se interrumpió y levantó la cabeza:

—Me temo que me están llamando —dijo, poniéndose de pie.

Yo no había oído nada, pero entonces escuché con atención y oí la voz serena que salía del altavoz, repitiéndose como siempre:

–Doctor Razinsky, Doctor Razinsky. Doctora Leeman. Doctora Leeman.

–La primera vez, no oí nada –le dije–. ¿Hay veces que usted oye el altavoz?

–Casi nunca. Después de un tiempo es como si oyeras tu nombre desde la piel.

Depositó su bandeja, sin terminar, y se alejó con paso rápido en dirección a la puerta. El resto de esa mañana me quedé esperando que volviera, pero, o su paciente se puso grave o simplemente se fue a casa a dormir. Fuera de una o dos enfermeras y otra visita fugaz de mamá y papá, nadie más me visitó... hasta el día siguiente, muy temprano en la mañana, cuando alguien golpeó a mi puerta.

–¿Alguien en casa? –preguntó una voz sonora.

La voz sonora pertenecía a un hombre bajito y corpulento vestido con unos overoles color café.

–Hola –saludó al abrir la puerta y entrar–. ¿Tú eres Melany?

–Sí –le dije.

–¿Entonces, eres la que tiene una locomotora que necesita reparación?

–¡Dios! –exclamé saltando de la cama, olvidando completamente que estaba en pijamas–. ¡Sí, sí, soy yo! ¿Usted sabe cómo arreglarlas?

–Pues, qué decir... –dijo inclinando la cabeza como quien sabe de qué está hablando–. Tengo todas las locomotoras del hospital funcionando perfectamente bien. A ver, ¿dónde la tienes?

–Aquí.

Corrí a abrir el cajón del tocador para que la viera. Él se acercó y observó la pequeña locomotora negra recostada sobre mi camisón de dormir.

–Bonito aparato –comentó–. ¿Qué le pasó?

–Eh, pues... se cayó del tocador.

Me di cuenta de que no soné para nada convincente.

–Pues..., la empujaron sin querer. ¿Podrá arreglarla? ¿Será posible?

Frunció los labios en expresión de duda:

–No lo sé.

–Por favor, inténtelo, se lo ruego. No es mía, me la habían prestado. Es de un amigo.

–Mmmmm –farfulló, de manera solemne–. Bueno, pues que intento, lo intento, pero odio ver una maquinita tan perfecta como esta en este estado.

Noté un dejo de desaprobación en su voz. Es probable que sospechara que había sido yo la que la rompió. Con todo, yo todavía tenía una pregunta por hacer:

–¿Cómo... cómo se enteró de que se había roto? ¿Quién le dijo?

–Una de las doctoras vino a verme –dijo, al tiempo que alzaba con delicadeza la negra locomotora en sus grandes manos–. Me preguntó si yo podría hacer algo; me dijo que la locomotora era de una paciente suya, muy especial.

–¿En serio, eso dijo?

–Eso dijo.

–Ah, qué bueno, mil gracias.

—No me dé las gracias hasta que no la haya reparado —dijo y se alejó con la locomotora de Dan acunada entre sus manos.

A pesar de que ya se había marchado, a mí me seguía picando su desaprobación medio velada. Y seguía confundida también. Tuvo que ser la doctora Leeman quien lo buscó. ¿Sería verdad que me había llamado "una paciente muy especial"? ¿Cómo podía ser especial para ella? La única manera en la que yo había logrado ser especial era sacando muy buenas calificaciones o portándome muy bien... y ciertamente con la doctora Leeman no había hecho ninguna de las dos cosas.

Doblé el camisón de dormir donde había reposado la locomotora y lo guardé como era debido dentro del cajón. Allí estaban todos mis otros camisones, prácticamente sin estrenar. Había utilizado el mismo par de pijamas calienticos desde que llegué al hospital. Eso no le gustaría a mamá, pensé con un suspiro. ¿Por qué me importaba tanto lo que la otra gente opinara de mí? ¿Por qué me molestaba tanto cuando alguien me desaprobaba, aunque fuera un completo desconocido? Con seguridad eso no le pasaba a Katy. Entonces, ¿por qué a mí sí?

***

Tal y como ocurrieron las cosas, el hecho fue que, cuando volví a ver a la doctora Leeman, no le hice ninguna de las preguntas que me revoloteaban en la cabeza. Y esto porque, para cuando vino a verme más tarde ese lunes, yo estaba demasiado preocupada conmigo misma. ¡Me había engordado! ¡Bastó comer un poco más de almuerzo y ya estaba más gorda!

—¡Usted dijo que no permitiría que me engordara! —le grité tan pronto como cruzó la puerta. ¡Lo prometió! ¡Jamás debí confiar en una doctora!

—Sí, lo prometí —dijo muy tranquila—. ¿Qué te tiene tan alterada, Melany?

—¿Que qué me tiene alterada? ¡Mire! —dije, y me levanté la camisa de la pijama—. ¡Mire cómo se me sale la barriga! ¡Estoy gorda!

Recosté la cabeza sobre la almohada, muerta de ira, con los puños cerrados de rabia. ¡Había ocurrido! *Ellos* habían logrado que engordara. *Ellos* iban ganando la batalla.

Pero aun en medio de mi desesperación, las siguientes palabras de la doctora Leeman no dejaron de sorprenderme.

—Mira, toma —dijo, acercándome la almohada de más que estaba al otro lado de la cama—. Golpéala, pégale fuerte.

Clavé mi mirada en su rostro, que seguía tranquilo.

—¿Qué? ¿Que le pegue a la almohada?

—Sí. Pégale fuerte —repitió—. Estás furiosa, muy furiosa. Sientes que te defraudé y no tiene nada de malo sentir esas cosas. Tampoco importa dejar que los demás lo sepan. Vamos, pégale, dale, hazlo… y grita si quieres.

Observé la almohada que me había alcanzado. ¿Pegarle a una almohada? ¿Qué bien podía hacerme? ¿Qué tan tonto podía uno llegar a ser?

La doctora Leeman pareció adivinar mis pensamientos.

—Lo sé —dijo con comprensión genuina—, te sentirás un poco ridícula haciéndolo. Después de todo, no es mucha la práctica que tienes en esto de dejar salir tus sentimientos, ¿verdad? Has estado demasiado ocupada en hacer el esfuerzo de ser una niña buena y formal y perfecta.

—¡Pues por supuesto que trato de ser amable! —protesté.

—¿Porque así te querrán tu papá y tu mamá?

—Pues... sí, eso es.

—Mira, Melany —dijo, ahora muy seria—, ¿no ves que sin importar cuánto ocultes tu rabia o tu odio o tus celos, todos esos sentimientos siguen allí? Ahí están. Y precisamente porque siguen allí, porque los sigues sintiendo, porque no eres *perfecta*, algunas veces puedes llegar a pensar que no mereces la pena de que te quieran.

Una parte de mi cabeza entendía bien lo que sus palabras querían decir. Eso mismo había pensado. Muchas veces. Pero ahora mismo, lo único en lo que podía pensar era en mi gorda, gordísima barriga. Alejé la almohada de mi lado y me miré con desconsuelo.

—Estoy gorda —gemí y empecé a llorar—. Estoy gorda.

–No, Melany.

De pronto su voz adquirió mucha firmeza y continuó:

–Eso no es estar gorda. ¿No recuerdas lo que te dije? ¿Aquello de que no te preocuparas si llegabas a notar que tu estómago podía pronunciarse un poquito después de las comidas? Eso ocurre sencillamente porque tu zona pélvica está tan delgada que apenas si se nota. Una vez hayas digerido tu almuerzo, el estómago volverá a su posición normal... y esto mucho antes de que sea hora de comer.

–¿Hora de comer? –grité, ahora las lágrimas rodando a mares–. ¡No voy a comer nada! ¡No voy a volver a comer, punto!

La doctora Leeman puso con delicadeza su mano sobre mi hombro.

–Da mucho miedo, lo sé. Y está bien que llores cuando tienes tanto miedo. Pero igual, muy pronto habrás digerido tu almuerzo, vamos, Melany –dijo tomándome de las manos–, ven y damos una vuelta por el corredor. Eso hará que baje tu almuerzo. Y estarás bien, ya lo verás.

Solía quedarse conmigo ratos más bien largos. A veces caminábamos y a veces sólo hablábamos, aunque ella era la que más hablaba, yo tenía demasiado miedo para hacerlo. No podía pensar en otra cosa distinta de la gordura, la gordura, la gordura.

Incluso más tarde, cuando mi estómago se había templado de nuevo y se veía plano, seguía con miedo.

Me era imposible recordar, por ejemplo, que la doctora me había advertido que eso ocurriría. ¿Me lo había advertido? Dios mío, ¿qué le estaba pasando a mi cabeza?

14. El muchacho en la sala de la televisión

Volví a comer, por supuesto. Pero eso sí, con toda seguridad, aquella noche fue bien poco lo que comí. Y mientras comía, me levantaba la camisa del pijama para ver si el estómago volvía a pronunciarse. Buena cosa fue que aquella noche no tuviera una enfermera encima mientras comía, supongo.

Más tarde aquella misma noche me puse la bata y salí a caminar por el corredor. Cuando, por la tarde, di la vuelta con la doctora Leeman, había visto a unos chicos mirando la televisión en el estar. Llevaba días sin ver televisión. Por lo menos desde que llegué al hospital, cuántos días fueran, no tenía idea. Y como en ese momento me costaba trabajo concentrarme lo suficiente para leer, se me ocurrió que podía matar un poco de tiempo viendo televisión.

El aparato, colgado alto sobre la pared, lo tenían sintonizado en un tira cómica de Carlitos y había un grupo de niños pequeños sentados en el suelo con las piernas cruzadas. En un sofá, a espaldas de los niños, estaba sentado un muchacho más o menos de mi edad.

Me di cuenta de que se trataba del mismo que había visto por la puerta entreabierta aquel espantoso día en el que conocí a Louanne.

Al verlo, titubeé. A pesar de que estaba bien cubierta con mi bata, bien amarrada en la cintura, igual estaba en pijama. Y no es precisamente en pijama que a uno le gustaría sentarse al lado de un muchacho desconocido.

El muchacho se percató de mi vacilación.

—Aquí hay suficiente espacio —dijo, señalándome con un gesto de la cabeza lo que sobraba de sofá.

Pero no era el espacio lo que me preocupaba. Con todo, me escurrí con cuidado por entre los chicos que no quitaron los ojos de la pantalla y me senté. El muchacho volvió a concentrarse en la televisión. Era evidente que no le molestaba en absoluto estar allí sentado en pijama. Ni que su bata, además de quedarle pequeña, estuviera francamente acabada. Yo me hubiera muerto de la vergüenza metida en una cosa tan raída como esa.

Me senté en el extremo del sofá asegurándome de que la bata estuviera bien cerrada e intenté concentrarme en la pantalla también. Ya había visto la tira que estaban pasando, era una repetición de esas que hacen en verano, pero igual me gustó. A pesar de que ya soy muy grandecita para la mayoría de las tiras cómicas, Carlitos y su perro siempre me han hecho reír. El muchacho a mi lado se reía también. Y quizá debido a su desgreño…, el hecho es que a su lado no me sentía tan incómoda como solía sentirme cuando quiera que estaba al lado de muchachos desconocidos. O con cualquier muchacho, para el caso.

Cuando apareció el primer comercial se dirigió a mí, muy amable:

–¿Por qué pondrán la televisión tan alto en un anaquel como ese? ¿Sabes?

–No, ni idea. Tal vez para que los pequeños no alcancen los botones y luego los dañen, supongo.

–Sí, es probable. O para que no puedan cambiar de canal y poner una telenovela tórrida cuando nadie los esté mirando.

Me reí.

–Sí, eso también. Algunas veces, cuando trabajaba como voluntaria…

–¿Eres voluntaria? –me interrumpió–. ¿Aquí?

–Eh, sí, supongo que sí. Quiero decir, me imagino que todavía lo soy.

–Me gustan los uniformes que usan.

–Gracias.

–¿Quieres ser enfermera, entonces…? Bueno, por lo de voluntaria y tal.

–No lo sé, en realidad no lo había pensado.

–O tal vez doctora –continuó– . Después de todo no podemos asumir que toda niña interesada en la medicina tendrá que ser enfermera, ¿verdad? Eso es ser sexista, por lo menos eso es lo que mi mamá no deja de decir.

–¿Eso dice? ¿Le interesan los derechos de la mujer?

–¡Dímelo a mí! ¿Acaso la tuya no?

–No.

–¿No obliga a tus hermanos a que laven la loza y ese tipo de cosas?

–No tengo hermanos, sólo una hermana y de todos modos en la casa tenemos lavaplatos.

–Ah, bueno, pues así la cosa es distinta.

No pude saber si lo que hacía la cosa distinta era no tener hermanos o tener lavaplatos. Pero el programa de Carlitos volvió a empezar y ambos volvimos nuestra atención sobre la pantalla. Era divertido reírse con Carlitos acompañada. Cuando el programa se acabó, el muchacho se echó hacia atrás riéndose y dijo:

–La verdad me encanta ese perro tonto. Qué personaje. ¿Tú tienes perro?

–No –respondí.

–Yo tampoco. Nuestros vecinos tienen uno de la misma raza de Snoopy, pero es la peste… no deja de aullar. Tal vez es porque está muy viejo.

—Bueno, pues me imagino que Snoopy también estará bastante viejo si uno piensa en la cantidad de tiempo que ha estado por ahí.

El muchacho sonrió:

—Sí, supongo que sí. Aunque los personajes de las tiras cómicas nunca cambian ni envejecen, ¿verdad? Charlie Brown sigue en el mismo curso desde que empezó.

—¿Sería estupendo, verdad? Uno sabría siempre todas las tareas.

—Sí. Me gustaría nunca dejar de ser un chico como él.

Su voz delataba un dejo de tristeza y no podía menos que preguntarme por qué querría volver a ser un niño. Quiero decir, ya era un muchacho y las cosas son fáciles para los muchachos. Pero ya eran las nueve; el altavoz estaba enviando su mensaje rutinario de todas las noches: "Ha terminado la hora de visitas; todas las visitas por favor salir", y entró una de las enfermeras a arrearnos a todos a nuestras habitaciones.

Cuando volví a mi cuarto seguí pensando en el muchacho, preguntándome cuál sería su razón para estar en el hospital. Y noté, consternada, lo grasoso que tenía el pelo y lo arrugada que estaba mi pijama. Pero entonces me dije, qué más da, como si al muchacho le fuera a importar cómo me veía yo. No sería más que el argumento de un libro malo: niña triste va a hospital y se encuentra con muchacho, y sigue historia rosa…

Con un pequeño sobresalto me di cuenta de que me acababa de tildar de *niña triste*. ¿Lo era? ¿Y lo habría sido la doctora Leeman cuando… cuando sufrió como yo? Esa era otra pregunta que quería hacerle la próxima vez, si es que lograba recordar todas las preguntas que quería hacerle porque, cuando en efecto estaba con ella, no parecía recordarlas.

Historia de libro malo o no, a la siguiente llamada a casa recordé que debía pedirle a mamá otras pijamas. Pero contestó Katy.

–Ah, hola… –dije con torpeza; a pesar de que había estado llamando a casa todos los días, en realidad apenas si había hablado con Katy desde que estaba en el hospital–. Soy yo, Melany.

–Ah, hola, ¿cómo…, eh… –trastabilló un poco y luego repitió–: Hola, Melany.

La conversación no parecía ir para ningún lado. Supuse que le habían dicho que no me preguntara por mi estado, de manera que, más para sortear la extrañeza que por qué me importara, le pregunté:

–¿Qué ha ocurrido de nuevo?

–Bueno, pues estuve en una fiesta espectacular el sábado en la noche. Donde Anthony, lo ubicas, ¿verdad? El buenmozo Anthony.

–¿Ah, sí?

Le fruncí el ceño a la bocina. Recordé que la última vez que Katy había ido a una fiesta donde Anthony, tuve que esconder mi suéter bueno. Y ahora yo no estaba allí para esconder mi ropa.

—¿Te pusiste mi suéter trenzado? —le dije, furiosa—. ¿Ahora que no puedo evitar que entres a mi cuarto?

—¿Tu suéter? Ni modo. Está haciendo mucho calor para usar suéter. Y, de cualquier modo, yo jamás haría eso. ¡Te lo juro! Es más, hasta me tomé la molestia de asegurarme que la señora que viene a ayudar con el aseo dejara todo tal y como tú lo habías dejado. Me planté allí, frente a ella, y no dejé que moviera nada.

—No me digas, ¿eso hiciste?

—Seguro. Y mamá te ha comprado una buena cantidad de libros y revistas para que leas.

—¿En serio? Bueno, pues en realidad lo que me está haciendo más falta es un par de pijamas.

—Muy bien, se lo diré. Es probable que pronto te esté llevando algo. Te la voy a pasar ya.

¿Katy, en mi cuarto, cuidando de que las cosas queden en orden? ¡Eso sí que no me lo podía imaginar!

***

Después de lo ocurrido, me cuidaba de peinarme siempre que salía de la habitación. Pero aún seguía con mis pijamas arrugadas cuando, a la tarde siguiente, en el momento en el que me preparaba para ir a la sala de la televisión, oí una voz que me llamaba:

—¡Oye...! ¿Eres tú, Melany?

Me giré en la puerta. Era el hombre en los overoles color café, el ingeniero del hospital. Venía por el corredor en mi dirección con la locomotora de Dan cuidadosamente sostenida en sus manos.

—Me imaginé que eras tú —dijo, al tiempo que estuvo a mi lado—. Aquí tienes... tu pequeña máquina.

—Ah..., eh... —farfullé—. ¿La pudo arreglar?

—Quedó como nueva —dijo muy orgulloso.

—¡Mil gracias! Como nueva... no sabe cómo se lo agradezco.

—No hay de qué —dijo, quitándole importancia a mis palabras con un gesto de manos—. Me divertí arreglándola, pero eso sí, no la vuelvas a dejar caer, ¿vale?

—No, jamás, se lo prometo.

—Muy bien —replicó y se fue por el corredor.

Yo me quedé de pie en la puerta examinando la pequeña maquinita negra. Y en efecto parecía nueva. La rueda que se había caído estaba en su lugar y cuando le di vuelta, la biela del pistón se movió con suavidad. Ahora, mientras estaba allí de pie, escuché otra voz que me hablaba de cerca. Era el muchacho amable, todavía en su bata raída. Había alcanzado a oír mi conversación con el ingeniero y se levantó del sofá para acercarse.

—Oye —dijo—. ¡Una locomotora a escala! ¿Por qué te la dio ese señor?

—Bueno, pues resulta que se me cayó de la mesa del tocador y ese señor, que es el ingeniero del hospital, me la arregló.

—¡Dios, que bonito aparato! —dijo al tiempo que se inclinaba para examinarla y con un dedo empezó a mover las pequeñas ruedas—. ¿Tienes en tu casa una gran instalación con paso a niveles y todo?

—No. En realidad esta locomotora no es mía, es de un amigo. Pero él sí tiene todo el asunto. Me envió la locomotora y un pedazo de riel para que me entretuviera.

—¿Tienes un pedazo de riel, entonces?

—Sí. En mi habitación.

Hice una pausa y luego le pregunté un poco ansiosa:

—¿Quieres verla?

—¡Claro!

Nos dirigimos pues a mi habitación y allí pusimos la locomotora sobre el riel. Cuando empujé la locomotora esta funcionó como Dios manda, el diminuto pistón subiendo y bajando.

—Sabes —le dije—, ese ingeniero del hospital debe ser un mago con las manos para arreglarla tan bien. ¿Cómo diablos puede uno trabajar sobre una cosa tan pequeña?

—Fácil, usas una lupa —dijo el muchacho.

—¿Con una lupa? Pero en ese caso tendría que trabajar con una sola mano.

—No necesariamente, existen esa lupas grandes que traen su propio soporte de manera que todo lo que uno tiene que hacer es poner la cosa sobre la que uno va a trabajar debajo del lente.

—Ah, ya veo. ¿Tú arreglas trenes a escala?

Dijo que no sacudiendo la cabeza.

—No tengo trenes; son muy costosos. Pero sí he asistido a ferias en las que los exponen. Me encantan. ¿Has ido a una alguna vez?

–No. Dan me invitó una vez, pero no pude ir.

–Debiste ir. La mejor que he visto aquí, la montan en Los Galpones de Exhibición. Montan réplicas enormes, cientos de rieles y locomotoras andando todas al tiempo.

–¿Y todas del modelo estándar? Tiene que ser un salón enorme.

–Lo es. Y si uno lo solicita de buena manera, incluso te dejan manejar uno de los trenes.

El muchacho me contó sobre todas las ferias de modelos a las que había ido y yo le describí el montaje que Dan tenía en el sótano, incluida la nueva señal y entonces él me contó sobre señales aún más espectaculares que había visto. Y de pronto me di cuenta de que había estado hablando con él media hora entera y ni una sola vez me quedé sin nada qué decir.

***

Sin embargo, después de ese día, no lo volví a ver. Así que no hubo final feliz de libro en donde yo, en un par de pijamas bonitas, mantenía inteligentes conversaciones fluidas tal y como Valery. Y sí recibí un paquete con una pijama limpia pero, a pesar de que incluso me acerqué a la sala de la televisión todos los días durante el resto de esa semana y hasta eché una miradita dentro de la habitación que había sido la suya, simplemente no lo encontré.

Pero Louanne sí que estaba por ahí. Aquel viernes, mientras yo deambulaba esperanzada camino a la sala, allí estaba ella, sentada en el mismo sofá en donde nos habíamos sentado el muchacho y yo.

Cosa que me sorprendió. Pensé que no tenía autorización para salir de su habitación. Y, de cualquier forma, no quería volver a hablar con ella, de manera que me di vuelta, pero ella me habló:

–Hola, Melany Burton –dijo en el mismo tono burlón que le conocía–. ¿Te sorprende verme?

–Un poco –le contesté, seca.

–Me lo imaginé. Pero me aburrí en mi habitación, eso es todo, de manera que resolví empezar a comer un poco a cambio de algo de libertad.

Creo no haber entendido muy bien qué quiso decir con eso, pero no se lo iba a preguntar. Sin embargo, debió darse cuenta de algo porque acto seguido continuó para explicar:

–Así es como lo hacen aquí. Si sigues bajando de peso una vez te han internado en el hospital, puedes perder tus privilegios. Algunas veces pueden llegar a prohibirte salir de tu cuarto o hacer llamadas telefónicas o lo que les dé la gana. Y la cosa se puso muy aburrida. Además –agregó con mucha satisfacción–, el fin de semana pasado estuve bastante mal, ¿lo supiste? Enferma de verdad. Tuvieron que llamar a la vieja Lee a media noche. Con seguridad la tuve preocupada un buen rato.

Esta Louanne realmente es ridícula, una tonta, pensé para mis adentros, furiosa. Y en voz alta, con la misma furia intacta, le dije:

—No es una vieja, ni siquiera parece tener edad para ser doctora.

Louanne me hizo una mueca en respuesta:

—¡Lo siento! —dijo con exagerado énfasis—. Perdóname, olvidé que estaba hablando con la mismísima niñita buena y formal en persona.

—No soy ninguna niñita buena y formal —le reviré—. No soy ninguna santa. Es más, incluso…

Me detuve en seco. Ni loca le iba a contar el incidente en el baño. Lo que hice entonces fue echarme sobre una silla que había allí e intenté concentrarme en un episodio repetido que estaban pasando de *La isla de Gilligan* por la televisión.

Pero Louanne todavía tenía cosas que quería decir. Se inclinó hacia mí y continuó como si nada:

—He subido un poquitico de peso, claro… era imposible que no, una vez empecé a comer. Pero no me preocupo. Soy más lista que ellos.

Intenté concentrarme en el programa de televisión y hacer caso omiso de sus palabras. No necesito saber ninguna más de sus ideas, me dije. Pero entonces salió a flote el recuerdo de mi estómago pronunciándose como ahora ocurría siempre después de comer, de manera que, casi a mi pesar, pregunté:

—Ah, sí, ¿y qué vas a hacer?

Louanne sonrió:

—¿Prometes no contarle a nadie?

Sacudí los hombros de manera que podía significar cualquier cosa. Ella lo interpretó como un sí y continuó:

–Es fácil. Después de todo, apenas si podrán encadenarme a mi cama, así que... lo que haré es lo siguiente: esperaré a que hayan acostado a todo el mundo por la noche y que hayan apagado las luces de los corredores y entonces me levanto y hago ejercicios en mi habitación. Tendré que hacerlo en el mayor silencio, nada de saltos ruidosos. Es posible quemar una cantidad de calorías en un hora de ejercicio fuerte. ¡De manera que triunfaré! ¡A mí no me van a convertir en un regordeta! He trabajado muy duro para estar así de delgada.

Para entonces, ya había renunciado a ver nada en la televisión y la miraba a ella. Era imposible que creyera que se veía atractiva tal y como estaba, ¿sería posible? ¿Con ese cuello arrugado y ese rostro amarillento y esos ojos hundidos y esos palitos peludos que tenía por brazos? ¡Yo no me veía así! y además no quería tampoco hacer lo que ella hacía, por lo menos... no lo volvería a hacer.

Y tampoco quería estar un minuto más en su presencia, de manera que, sin decir una palabra más, me levanté para irme. Su burlona despedida, "adiós, adiós, señorita buena" me siguió a mis espaldas. Y luego, ya en el corredor, escuché otra voz chillona y conocida que me llamaba.

–Hola, Melany, ¿cómo estás?

Era Bitsy, en su uniforme de voluntaria.

–Entonces, Melany... –parecía tan sorprendida como yo–. Eh, cómo... te ves muy bien. Qué bonita bata. Me encantan las batas de velvetón como esa…

Interrumpí su parloteo:

—¿Qué haces aquí? —le pregunté—. Todavía no es sábado.

—No, pero como no tuve que presentar exámenes, ya no tengo que ir al colegio. Voy a venir al hospital dos veces por semana durante el verano. Ya me dieron una insignia, ¿la ves? Así, pronto habré acumulado suficientes horas como para que me den otra. Oye, supongo que tú tampoco tuviste que presentar exámenes.

Exámenes… la palabra me parecía venida de otro mundo. Y también su entusiasmo por una tonta insignia. Como permanecí en silencio, entonces Bitsy prosiguió:

—Dios, Melany, ahora sí que estás delgada. Cómo me gustaría bajar de peso, mi hermana mayor no deja de repetirme que lo haga. Quiero decir, sé que no podría bajar tanto como tú has bajado, pero…

La volví a interrumpir:

Excúsame —le dije con brusquedad—. Tengo que volver a mi habitación ya.

Corrí a ella y cerré la puerta. Me alegró estar sola de nuevo, lejos de todos y todas. La parca habitación del hospital no era el mejor de los refugios, pero era lo único que tenía y, mientras ordenaba la pila de revistas, pensé: ¡Niña tonta, la tal Bitsy esa! ¿Qué fue lo que alguna vez vi en ella? Como si una insignia fuera la gran cosa.

Moví las revistas de aquí para allá. ¿Acaso sería capaz de seguir imitándome como lo hizo con el corte de pelo? Es probable que no aguantara mucho tiempo, la verdad, pero sería típico de ella ser una copietas una vez más.

15. Equipo EC, dirigirse sección Second South

Para cuando corría mi segunda semana de estadía en el hospital, empezaba a sentir como si hubiera estado allí toda la vida. Al despertar por las mañanas ya no me tomaba un minuto para descubrir en dónde estaba. La pequeña habitación casi desnuda, con su papel de colgadura decorado con payasos empezaba a parecerme tan conocido como mi propio cuarto en casa. No era que lo amara, aclaro, como sí amaba el mío, pero me era una habitación familiar.

Lo mismo ocurría con la rutina en el hospital; me bastaba asomarme al corredor para saber qué hora era. Estaba el ajetreo de cada cambio de turno de las enfermeras, el correteo del carrito que repartía las comidas a las ocho, doce y cinco de la tarde, el trasegar de los traperos sobre el suelo de los corredores por la mañana, el ruido de pasos ligeros cuando empezaban las horas de visita, el sonsonete neutro del altavoz todo el santo día que se hacía un poco más intenso cuando anunciaba el fin de las horas de visita y luego los pasos de los visitantes marchándose y de las enfermeras repartiendo los medicamentos para la noche y acomodando a los pacientes en sus camas antes de que apagaran las luces en los corredores.

Una vez quedaban los corredores a oscuras, el hospital se sumía en el silencio, excepto por el suave susurro de las zapatillas de alguna enfermera de vez en cuando. Pero silencio o no, el hecho es que la noche de aquel segundo sábado en el hospital no podía conciliar el sueño. La cama me pareció muy alta y muy dura; añoré mi pequeña camita blanca en casa. De manera que, dando vueltas intranquila debajo de las cobijas, me encontraba aún despierta cuando, de pronto, el altavoz volvió a la vida varias horas después de que habían apagado las luces.

—Equipo EC, dirigirse sección Second South —dijo el anuncio—. Cualquier doctor disponible.

A pesar de la urgencia del mensaje la voz era mesurada y tranquila, tal y como había sonado aquel día cuando llevaba al señor Tanner en su silla de ruedas… justo el día en el que conocí también a la doctora Leeman y me pregunté si sí sería doctora. EC significa *emergencia cardiaca*, recordé. ¿Sería capaz de recordar todas aquellas otras cosas que había aprendido en el caso de que volviera a trabajar como voluntaria? ¿Sabría seguir al pie de la letra las rutinas de la sala de flores o cómo se ordenaban los archivos de los pacientes o incluso recordaría el camino para llegar a todas aquellas dependencias apartadas como el laboratorio y la lavandería? ¿Podría reconocer el camino para ir a todos los pisos y las alas y las secciones...?

¡Las secciones! Me senté de un salto tan pronto até cabos y pensé en el mensaje del altavoz. La voz había dicho "Second South", es decir, esta sección, el ala del hospital en la que yo me encontraba, el ala infantil. Bueno, por lo menos eso sí lo recordaba sin duda alguna.

Pero no podía ser... Una emergencia cardiaca es un paro cardiaco y a los niños no les dan paros cardiacos. ¿Habría escuchado mal? Me bajé de la cama con rapidez y me dirigí a la puerta de mi habitación, que estaba a medio abrir. Y no, no había escuchado mal. El mensaje volvió a escucharse: "Equipo EC, dirigirse sección Second South".

¡Qué locura! ¿Qué demonios estaría pasando? Me adentré unos pasos en el oscuro corredor. Y en efecto, parecía haber más movimiento que el usual en el puesto de enfermeras. Mientras estaba allí, de pie, vi una enfermera que se apresuraba en mi dirección.

Y, por supuesto, me vio:

–¿Qué haces en el corredor? –preguntó–. No deben salir después de que se apagan las luces.

–Lo sé –empecé a decirle–, pero oí…

–Ven conmigo –dijo, tomándome del brazo con firmeza–. Ven y vuelves a tu cama. Ya es hora de que estuvieras dormida.

Su tono era grave. Demasiado grave, me pareció, después de todo yo no estaba haciendo nada malo. No conocía ninguna de las enfermeras del turno nocturno y esta francamente no me caía para nada bien, a pesar de que fuera bonita. Con todo, me deje llevar hasta mi habitación y mi cama.

–Y ahora, ponte a dormir –dijo, cerrando la puerta al salir.

Odiaba esa puerta cerrada durante la noche. La habitación quedaba demasiado oscura y me daba miedo no ver ni siquiera el tenue resplandor que provenía del corredor, de manera que volví a salirme de la cama y me dirigí con sigilo hasta la puerta para abrirla de nuevo con mucho cuidado. Esta vez, sin embargo, me quedé a este lado de la puerta. Y pude ver pasar a las carreras a otra enfermera y a una persona en bata blanca y por el ruido de sus pasos me pareció que se dirigían al final del corredor.

Y entonces, se hizo el silencio. Sentía el frío de las baldosas en mis pies descalzos. Escuché un rato, pero de pronto empecé a temblar de frío y resolví volver a la cama y escuchar desde allí. ¿Sería posible que EC también implicara atender otro tipo de emergencias distintas a paro cardiaco?, me preguntaba.

Quizá sí; quizá eso lo explicaba todo. Era imposible un paro cardiaco en el ala infantil. Pensé en los niños que había visto en la sala de la televisión. No sabía ninguno de sus nombres, ni siquiera conocía el del muchacho amable que probablemente ya estaba en su casa. El único nombre que conocía era el de Louanne y ese nombre, la verdad, hubiera preferido no conocerlo.

Me acurruqué bien tapada con las cobijas sobre la cama durante lo que me pareció mucho tiempo. Si no había tenido sueño más temprano en la noche, ahora tenía mucho menos. Se oyeron más pasos que iban y venían por el corredor, pero desde la cama no podía ver de quién se trataba. El altavoz no volvió a sonar.

Hasta que por fin volví a levantarme de la cama. Esta vez me puse bata y pantuflas y me amarré bien la primera. Me acerqué a la puerta, eché una mirada a ambos extremos del corredor vacío y luego di un par de pasos en dirección al puesto de enfermeras, pero, de pronto, de un umbral distinto en el corredor, apareció una enfermera que resultó ser la misma que ya me había llevado a la cama. Al verme, corrió hacia mí.

–Ya te lo dije –dijo–, deberías estar metida en tu cama durmiendo.

–¡Pero si no tengo sueño, no me he podido dormir! –le dije casi gimiendo–. No puedo. Escuché el mensaje del altavoz y sé lo que EC quiere decir. ¿Quién se enfermó? He oído pasos de arriba abajo, que van y vienen, hacia allá…

Me di vuelta para señalar con el brazo en dirección al extremo oscuro del corredor, más allá de mi puerta abierta. Y en ese momento, mientras señalaba, se abrió la última puerta del corredor y salió una figura en bata blanca.

—¡Pero si es la habitación de Louanne! —exclamé—. ¿Es Louanne la que se enfermó… otra vez?

Y guardé silencio. A pesar de la distancia, pude ver que ya no había urgencia en los pasos de la figura en bata blanca.

Al acercarse, vi que se trataba de un joven interno, llevaba *bluejeans* debajo de su bata blanca. Tenía el rostro triste y demacrado.

Me volví a la enfermera:

—¿Qué ocurre? —pregunté con voz chillona—. ¿Qué pasa?

—¡Sh!, calla —dijo la enfermera y volvió a tomarme del brazo, pero esta vez con más delicadeza—. Habla pasito que vas a despertar a los otros niños. Ven de vuelta a tu habitación.

Era mucho más alta que yo y me condujo sin el menor problema de vuelta hasta mi puerta abierta, pero una vez dentro de mi cuarto frené con fuerza. Una rara sensación helada empezó a apoderarse de mí, un frío que no tenía nada que ver con el de la noche fría.

—¡Quiero saberlo! —le dije a la enfermera, e intenté soltarme de su brazo—. ¿Qué ocurre?

El brazo de la enfermera pareció titubear un poco, cosa que aproveché para girarme y mirarla de frente:

—¿Qué ocurre? —volví a preguntar—. Dígame qué ocurre con Louanne. Mejor dicho, es imposible que le haya dado un paro cardiaco, es de mi misma edad. ¡No puede estar muerta!

Al oír estas palabras, la cara bonita de la enfermera se descompuso. Luego se endureció y soltó mi brazo con furia.

—¡Claro que puede estar muerta! —contestó con brusquedad—. ¿Acaso no sabes que una niña bien puede llegar a morirse por estar haciendo esas tontas dietas como la que tú estás haciendo? ¿Acaso no te lo dijo tu doctor?

—Pero..., pero si Louanne había empezado a comer de nuevo. Había subido algo de peso... ella misma me lo dijo.

—Sí... y ese es justamente uno de los momentos más críticos y peligrosos para una persona anoréxica.

—¿Peligroso? ¿Qué quiere decir con eso? ¿Acaso no es lo que tratan de hacer con nosotras... que subamos de peso?

En ese instante ya no me importó para nada que estuviera incluyéndome en la categoría de anoréxica junto con Louanne; simplemente tenía que saber de qué estaba hablando la enfermera.

—Por supuesto que eso es lo que intentamos hacer —replicó—. Pero toda esa hambre a la que se someten ustedes con su tontería, cobra su precio, particularmente si el asunto lleva meses y meses. Debilita el músculo del corazón. Y entonces, cuando por fin entran en razón y empiezan a subir algo de peso, ese nuevo peso le exige demasiado al corazón debilitado. De manera que, si se le exige de más, pues…, pues el corazón no aguanta.

La enfermera hizo un pausa y unas muecas raras con los labios. Entonces, una voz que a duras penas si pude reconocer como la mía, preguntó:

—¿Entonces… Louanne… está muerta?

La enfermera asintió con la cabeza.

La voz rara que no parecía mía continuó:

—¿Y qué tipo de esfuerzo es de ma…?

La enfermera sacudió la cabeza un poco:

—No lo sabemos. Cualquier pequeño esfuerzo puede ser suficiente. Vomitar, por ejemplo… aunque ella tenía cerrada con llave la puerta del baño, claro…

Y con eso terminó. Quizá vio en mi cara lo que yo estaba sintiendo y su voz se hizo más amable cuando volvió a hablar:

—Bueno, ven, vamos —dijo—, vamos de vuelta a tu cama. Estás temblando. Ven, quítate esa bata y métete en tu cama y yo te traigo una cobija caliente.

Pude haberle dicho que una cobija caliente no iba a quitarme la tembladera. Ahora ya no temblaba de frío. Muerta. Louanne estaba muerta. Y lo que era peor… tal vez por mi culpa. Sabía muy bien cuál fue el esfuerzo de más que la había matado. En la sala de televisión Louanne me había contado que estaba haciendo ejercicios a escondidas en su habitación. Es probable que eso hubiera estado haciendo esta noche tan pronto apagaron las luces. Había dicho:

—No le digas a nadie, promételo.

Yo no lo había prometido... de manera que si sólo se lo hubiera dicho a alguien... a una enfermera, a la doctora Leeman, a cualquier persona...

Pero no lo hice. Lo que hice fue pensar que Louanne me parecía un asco y traté de borrarla de mi cabeza. Y ahora estaba muerta.

16. Un nuevo día

Aquella fue la noche más larga de toda mi vida.

La enfermera bonita, menos seria ahora, me trajo la manta caliente y se quedó conmigo un rato. Me echó cháchara con la obvia intención de que yo no pensara en Louanne. Pero sus palabras parecían venir de muy lejos; no me decían nada. Finalmente, cuando se me quitó la tembladera, se marchó, no sin antes advertirme de nuevo que durmiera un poco.

Pero no logré dormirme, por lo menos no antes de un buen rato. Y cuando en efecto medio me dormí, sólo fue para tener las más horribles pesadillas. En tales sueños no dejaba de gritarle a alguien: "¡Pero yo no sabía! ¿Yo no sabía que podía ser peligroso!". Y la sombra a quien le gritaba, me respondía: "Tampoco te importaba".

Cosa que era verdad. No me importaba Louanne. Pero aunque no era una persona fácil de querer, igual se trataba de un ser humano. Otro ser humano que ahora estaba muerto y que hubiera podido estar vivo. Y en mi desvelo, volví a pensar en Bitsy. Tampoco ella me había importado mayor cosa. Me había tenido sin cuidado la posibilidad de que decidiera empezar a emularme de nuevo.

De pronto, me senté muy derecha y encendí la luz. De alguna manera tenía que evitar que lo hiciera. No sabía muy bien cómo. Quizá escribirle una nota. En algún lugar dentro del cajón del tocador había un lápiz y podría escribir la nota en la parte de atrás del menú. Sin embargo, para cuando encontré papel y lápiz y había escrito, "Querida Bitsy"... no supe qué escribir.

Por fin amaneció. El cielo clareó y se puso de un rosa pálido. Oí llegar el turno de enfermeras diurno, sus saludos rápidos y entusiastas y me acerqué a la ventana. No parecía correcto que el día amaneciera tan brillante y tan hermoso. Observé las nubes pasar del rosa al gris y al blanco a medida que el sol se levantaba... y pensé en la muerte. En simplemente... dejar de existir.

Estaba aún de pie al lado de la ventana cuando escuché que se abría la puerta. Me di vuelta. Era la doctora Leeman.

De inmediato volví mi vista a las nubes. Mi corazón empezó a palpitar de manera molesta. Tengo que decirle, pensé, en un esfuerzo por salir de mi pánico. Tengo que contarle lo que Louanne estaba haciendo.

Pero no me salían las palabras. Me quedé quieta, de pie, en el sitio donde estaba con los ojos clavados en las luminosas nubes y la escuché cruzar la habitación hasta llegar a mi lado. Tampoco ella moduló palabra. Permanecimos ambas de pie y en silencio, observando, pensando.

Por fin, la doctora Leeman habló:

¿Sabes... lo de Louanne?

Asentí en silencio y dejé que mi vista cayera al suelo. Luego, fue como si las palabras me hubieran salido de un disparo:

–Sé que murió –dije entre lágrimas–. Oí toda la conmoción anoche. ¡Y yo la maté!

La doctora Leeman se giró con brusquedad para mirarme, extendió su mano y me levantó la barbilla:

–¿Pero qué estás diciendo? –preguntó.

A pesar de que me había levantado el mentón, conservé la mirada baja:

–Bueno... pues no la maté exactamente –dije, comprendiendo lo ridículas y dramáticas que habían sido mis palabras–. Pero hubiera podido evitarlo.

–¿Evitarlo?

Asentí de nuevo.

–Ella me lo dijo, me lo contó. Ayer, en la sala de la televisión. Me contó que había decidido volver a comer porque se había aburrido de estar encerrada en su habitación, pero que estaba haciendo ejercicio por la noche para conservarse delgada. ¡Sólo que yo no sabía! Yo no sabía que sería peligroso para su corazón. No hasta que me lo contó la enfermera anoche –dije y tragué saliva–. Debí contarle a alguien lo que ella estaba haciendo. Y no lo hice… así que es culpa mía…

–Por favor, Melany, Melany –dijo la doctora Leeman tomándome de ambas manos–, escúchame. Por ningún motivo es culpa tuya. Aunque nos lo hubieras dicho, nos hubiera sido imposible montar guardia toda la noche y todo el día y todo minuto para que no lo hiciera. Ella sabía muy bien que con cualquier esfuerzo, en este momento, ponía en peligro su corazón. Yo se lo había explicado. Le había advertido que tuviera mucho cuidado, ahora que estaba empezando a salir de su problema…

Aquí se le entrecortó la voz a la doctora Leeman, dejó salir un raro gemido. Me soltó de las manos, se dio vuelta y se alejó de mí. Luego, agregó:

–Por lo menos eso creí…, que empezaba a salir, a recuperarse. En realidad creí que había llegado a ella, en realidad pensé que…

A pesar de que no podía verle la cara, me di cuenta de que los ojos se le llenaban de lágrimas.

–Por favor, no llore –le dije–. No fue culpa suya.

–Sí que lo fue –dijo la doctora Leeman, y ya las lágrimas le empezaban a rodar por las mejillas–. Le fallé. Por algún motivo no fui capaz de llegarle, y ahora mírame, mírame: se supone que un doctor jamás debe llorar frente a sus pacientes como lo estoy haciendo ahora.

Allí, de pie, a mi lado y secándose las lágrimas, de pronto me pareció muy vulnerable.

–Está bien –le dije rápidamente–. Quiero decir, no me molesta que llore.

–Pero eso no me justifica como doctora. Se supone que yo debo ser la persona fuerte, la que apoya, la que debiera estar ayudándote a ti.

–Pero… –busqué las palabras apropiadas–, está bien. No tiene que ser la doctora perfecta todo el tiempo. No me importa que no sea perfecta.

La doctora Leeman había inclinado la cabeza, pero ahora la levantó para mirarme de frente. Tenía los ojos enrojecidos pero bien abiertos.

–Melany –dijo con suavidad–, ¿comprendes bien lo que acabas de decir?

La miré, confundida:

–¿Quiere decir aquello sobre que no me importa que usted llore?

–Y lo que dijiste enseguida: que está bien que yo no sea la doctora perfecta todo el tiempo.

–Pues –dije, todavía confundida–, sí, está bien. Es más, de hecho, si quiere que se lo diga, creo que incluso me gusta más así.

–¡Ay, Melany –su voz adquirió de súbito una cierta alegría–, también a mí me gustas no siendo perfecta! Me gustas tal y como eres: algunas veces iracunda, otras celosa o asustada. Es más, incluso me gustaría que fueras desordenada y gritona. Si sólo pudieras empezar a quererte a ti misma no siendo perfecta.

Me mantuve muy quieta, escuchando el eco de sus palabras y las mías rebotando en el silencio de la habitación. Yo había dicho eso. Y sí, me gustaba más la doctora Leeman no perfecta.

Ambas guardamos un minuto de silencio. Afuera, las nubes seguían su curso sin fin. Volvía a pensar en Louanne al tiempo que escuchaba el ritmo palpitante y dador de vida de mi corazón. Hasta que por fin hablé:

—No quiero morir —susurré.

—Lo sé —contestó la doctora Leeman—. Y no creo que vayas a morir. Creo que aprenderás a quererte a ti misma, tal y como eres, a sentirte bien contigo misma.

—¿Eso es todo lo que tengo que hacer? ¿Es eso todo lo que se necesita para curarme de… de la anorexia?

Comprendí que era la primera vez que utilizaba la odiada palabra.

—No. No es todo. Curar la anorexia no es tan fácil. Pero sí has dado un gran paso en el proceso de tu curación.

—Pero, pero… —me detuve intentando ordenar los pensamientos que se atropellaban en mi cabeza—. Pero es que sólo cuando soy perfecta, cuando soy amable y bien educada y no armo jaleo y saco excelentes calificaciones, sólo cuando todo eso, mamá y papá me prestan atención. Sólo en esos momentos me quieren.

—No, no sólo en esos momentos te quieren. Después de todo, Katy no hace todas esas cosas y sin embargo la quieren. Pero tienes razón en aquello de esperar que te presten mayor atención. Pero si te he dicho que tienes que aprender a pedirla, ojalá que sea de un modo distinto a tener que enfermarte para ello.

Esta vez no me inmuté al oír la palabra *enfermar*. Estaba demasiado ocupada registrando todas estas nuevas ideas. Después de un silencio, la doctora Leeman volvió a hablar:

—Creo que vas a encontrar que eres una persona muy simpática y atractiva, Melany, tal y como crees.

—¿Simpática y atractiva para mí misma?

—Sí, para ti misma.

—Pero… —fruncí el ceño cuando, de pronto, se me cruzó otro pensamiento—, una vez me cure, usted me abandonará. Usted, que es la única persona que me ha dicho estas cosas, me abandonará.

—No te abandonaré, Melany. Estaré contigo todo el tiempo que lo necesites. Aunque sea una gran cantidad de tiempo. Superar la anorexia es un proceso largo y lento. Y es un proceso en el que tarde o temprano tendrá que involucrarse toda tu familia.

—¿Toda mi familia, incluso papá? Eso no le va a gustar; no deja de decir que este problema no es culpa suya...

—No es culpa de nadie —dijo de manera categórica—. Cuando nos reunamos con toda la familia para hablar, no será para echarle la culpa de nada a nadie. Será para que todos aprendan a pensar y actuar de manera ligeramente distinta.

—Estoy segura de que a papá no le va a gustar —repetí.

—Quizá no. Pero igual creo que sí vendrá. Él te quiere. Y tu mamá también. Y Katy también.

El silencio volvió a apoderarse de la habitación en tanto yo pensaba en lo que ella acababa de decir. ¿Sería posible? ¿Sería verdad tanta belleza? Recordé cómo mamá había querido cocinarme lo que yo hubiera querido, la postal que papá había enviado en su último viaje y Katy asegurándose de que todas las cosas en mi cuarto quedaran tal y como yo las había dejado.

Eran demasiadas cosas nuevas en las cuales pensar para un solo día. Mientras ponderaba todos estos asuntos, mi mirada cayó sobre el menú en donde había escrito "Querida Bitsy" y nada más. Aún no sabía qué cosa escribir… pero comprendía que podía pedirle ayuda a la doctora Leeman. Podía preguntar.

Justo en ese momento se abrió la puerta y el auxiliar del ala entró como una tromba con la bandeja del desayuno. El ruido que hizo mientras colocaba la bandeja sobre mi mesita móvil rompió el silencio entre las dos, pero ni la doctora Leeman ni yo nos movimos. Yo quería que se quedara. Quería hablar más con ella.

—Eh, doctora… ¿tiene usted que ir a algún lado…, ahora mismo? —le pregunté incómoda, con vergüenza.

Volví a clavar mi mirada en el suelo, pero sentía sus ojos sobre mí.

–No, en realidad, no –dijo la doctora Leeman.

Se hizo otra pausa y yo respiré profundo. Preguntar, ciertamente, no era cosa fácil:

–Eh..., entonces, ¿le es posible... desayunar conmigo... Lee?

Levanté los ojos a tiempo para ver su sonrisa.

–Sí, Melany. Me encantaría –dijo.

–Sólo que... –proseguí, mi voz ahora un poco más firme–, sólo que si tienes mucha hambre, será mejor que pidamos otra bandeja. Creo..., creo que hoy me voy a comer todos los huevos revueltos.

0950647887

Karel.